学園キノ⑦ —GAKUEN KINO—

時雨沢恵一

KEIICHI SIGSAWA

イラスト●黒星紅白

KOUHAKU KUROBOSHI

-GAKUEN KINO- ⑦

CONTENTS

KEIICHI SIGSAWA ILLUSTRATION:KOUHAKU KUROBOSHI

Designed by Toru Suzuki

謎の美少女ガンファイターライダー・キノ
エルメス
サモエド仮面
ワンワン刑事
黒島茶子
エリアス
沙羅

襲い

一部天然色
学園キノ
謎の大怪挂あらわる

この小説は、フィクションじゃなかったら困りますからフィクションです。

実際の学校、生徒、先生、キャンプ場、温泉、出来事、雰囲気、などとは関係ないってことにしておかないと私がちょっとヤバイのでみんな空気を読んでください。どうもありがとうございました。

キノ
⑦

学園

—GAKUEN KIN

［学園キノ⑦ —GAKUEN KINO—］

時雨沢恵一　イラスト●黒星紅白
KEIICHI SIGSAWA　ILLUSTRATION:KOUHAKU KUROBOSHI

序章「えーっ！　学園がなくなるっ!?」
—Save Our School!—

それは、火曜日のことでした。

すぐやる部が、野球部とバトルったのが一昨日の日曜日。

部活動と称して水ようかんを食べることしかしなかったのが昨日の月曜日。

そして、その次の日のこと。そして放課後でした。

「というわけで、はいはい皆さん注目ちゅうもーく！　アテーンション！」

テンションが低いときがない茶子(ちゃこ)先生が、部員達の前で手を挙げました。

木乃(きの)が、静(しず)が、犬山(いぬやま)が、沙羅(さら)が、そしてエリアスが、つまりは部員オールスターズがイスに座って黙って見ていました。

今日の部室は、理科室です。

蛇口と流し台がついた天板の黒い大きなテーブルがあって、背もたれのない木製のイスが並んでいます。

天板が黒いのは、白い実験物質がこぼれたときに目立つため。

イスに背もたれがないのは、避難が楽であり、そしてテーブルの下にしまいやすいためですが、別に知らなくても生きていけます。

テーブルは縦に三列並んでいるのですが、中央最前列の一つを取り囲むようにして、全員が座っていました。

そして、テーブルの上には大皿が一枚置いてあって、そこに、みたらし団子が山になって置いてありました。

文字通り山です。団子が作るピラミッドです。はたして何本あるのか、空間把握の問題にできそうです。

さっきまでみたらし団子が入っていた大量のプラパックが、それを覆っていた買い物袋が、ゴミ箱に容赦なくぶち込んであります。

そこに書かれている店名は、超が三つくらい頭に付く有名店。甘く香ばしくもっちりとした逸品で、買うときは絶対に二時間は並ぶという、伝説の品です。

「先生！　それより、団子を食べていいですか？」

木乃(きの)が訊(たず)ねて、教壇に立つ茶子(ちゃこ)先生は答えます。

「〝今からする話が終わってから食べましょうね〟って、十秒前に私言ったわよね？　〝というわけで〟の前に」

「言いました。ただ、その十秒で世界を取り巻く事情がガラリと変わったかと思いまして訊ねてみました。〝世界は常に変化する、その変化についていけるものだけが生き残る。サバイバル・オブ・ザ・フィッテスト〟──そう、お婆ちゃんがよく言っていました」

「なるほど。そして、ダメ。世界は変わっていない。だから、話を聞いてからね」

「ぐっ、辛い……。悲しい……。なんという悲劇かっ……。目の前に、手を伸ばせば、こんなにっ、すぐそこにあるのにっ……。ああ、食べてあげられなくて……、ゴメンね……、許してなんて……、言えないよね……」

本当に辛く悲しそうな木乃を差し置いて、茶子先生は、

「次の部の活動が、私達のやるべきことが決まりました！　ハイみんな拍手！」

ぱちぱちぱちぱちぱち。

木乃以外が拍手しました。

「うーん、ありがとう。ありがとう」

茶子先生、まるで自分が群衆に称えられているかのように喝采を浴びて、拍手が収まるのを満足顔で待ちました。

それから、ゆっくりと口にするのです。

「実は……、この学園の、廃校が決まりました」

「廃校、ですか？」

問い返したのは静です。それなりに驚いていました。

「そう、廃校。学園がなくなる、というそのまんまの意味」

ざわっ、ざわざわ。

部員達の間に、驚きが波紋のように広がりました。

犬山はすっと目を細くして、エリアスは口を開けてポカン。沙羅は、息をのんで小さな手を口に当てました。

そして、木乃は、天板に顎を乗せて、じっと団子を睨んでいました。無言でした。

「なんと……。驚きです。それは、いつのことですか？」

静が訊ねて、

「五年後のこと」

茶子先生が答えました。

部員達から、

「なんと」

「ふん」

「なんだあ」

「ほっ」

安堵の言葉が洩れました。ちなみに静犬山エリアス沙羅の順番です。こうして全部並べると、〝静犬山・エリアス・沙羅〟というなかなかナイスなロングネームになると作者も今気付きました。

そして主役の木乃は、団子を見つめて黙っていました。

「そう、五年後なのよね。要するに、ここにいる全員がサクッと卒業しちゃった後なのよ。だから、別にどーってこたないわねえ」

うんうんうん、部員達が頷きました。

「ま、理由はよく知らないけどー、少子化とか放漫経営とかそんなよくあるアレだと思うので、私達が気にしてもどうなるわけでもないし、口出し手出しできるものでもないし。廃校後は、校舎は取り壊しもできずに放置されて、よくある心霊スポットになるって話だし。というわけで、まずは廃校の話はお終い」

お終いみたいです。

別に、母校を廃校の危機から救うために、みんなで何かをやる必要はないようです。

例えば全員でアイドル活動とか、戦車に乗るとか、文化祭で合唱をやるとか——、今回の話は、そういうんじゃないようです。

木乃が、スッと手を挙げました。

「先生、もう食べていいですか？」

「まだダメ。世界は相変わらず。そして、これからが本題。次の部の活動が決まったから、それを聞いてもらいます」

　ごくり。

　次は何をやるのだろう、あるいは、やらされるのだろう。

　期待と不安に、部員達が唾を飲み込みます。

　ごくり。

　いいから早く食わせろよ暴れるぞ？

　期待と怒りに、木乃が唾を飲み込みます。

「みんな！」

　ばん。

　茶子先生、勇ましい笑顔と共に、教師用の机を格好よく勢いよく両手で叩きました。そして、

「痛い……」

　勢いがよすぎたようです。

「大丈夫ですか先生？　団子を食べるとすぐに治りますよ？」

「心配ありがとう木乃さん。でも大丈夫。私には、次の活動を発表するという崇高な使命があるから」

少し赤くなった両手の平をヒラヒラと振りながら、茶子先生は言いました。

「して、その活動とは？　今度は一体、何を食べるのですか？」

木乃が訊ねました。恐ろしいほど真剣な表情でした。

「今回は、割といろいろなモノを食べられるわよ。むしろ、食べることすら行動の一環とも言えるでしょう！」

茶子先生が答えたとき、

「なんだとっ！」

木乃は輝きました。

文字通り輝いて、隣にいた沙羅などは、こんなこともあろうかと用意していたサングラスを素早く装着したくらいです。

「みなさんにはこれから――」

茶子先生が、ぐぐっと体を乗り出しました。

「キャンプをしてもらいます！」

【ナレーション・木乃】

魔物。それは人の心が蝕まれて、滅びへと導くことになっちゃったあやしい者。この小説の一巻のころからか、彼らはページの世界へと現れた。だから、紙へと出てきた魔物は、今もこのシリーズのどこかに堂々と住み、ページとページの狭間に蠢いている。

魔物を、再び元の人間へと戻す主人公、それが大食いの〝謎の美少女ガンファイターライダー・キノ〟。その素顔は、木乃という少女だと読者なら誰でも知っている。

【このお話の登場人物ご紹介】

●木乃（きの）

学園四年（高一）の女子生徒。

主人公オブ主人公。コイツが出てこない話が、果たして成立するだろうか？　いやしない。

モデルガンをホルスターに収め、実銃をワンサカ入れたポーチを腰に下げて学校に通う、それほど珍しくもない女子高生。君の町にも一人や二人居るはずだ捜してみよう。

正義の味方〝謎の美少女ガンファイターライダー・キノ〟に変身云々は、さっき書いた通り。主人公なんだから、そのへん頑張ってもらわないとね。がんばれ。

●エルメス（えるめす）
不思議な喋るストラップ。

コイツが木乃を見つけなければこの話は――、いや、タラレバの話は止そう。起きてしまったことはもうなかったことにできない。いいね？

革と金属でできたシックなストラップなので、ビジュアル的な存在感は小さいのが作者の悩み。ちょっと大きくなってみる？

描写はなくても常に木乃（キノ）の腰にぶら下がっていると脳内補完してください。

●静（しず）
学園六年（高三）の男子生徒。

腰に刀を吊った、学園で一番のモテモテ野郎だけど、その正体は、ド変態仮面自称正義の味方――〝サモエド仮面〟。何が彼をそうさせる？　不明。

木乃の邪魔はしないが、キノの邪魔ばかりする。何が彼をそうさせる？　不明。

ティーが天敵。コイツに困ったときはティーを連れてくるのがいい。

●サモエド仮面（さもえどかめん）
静の本体。こっちが正体。

●犬山・ワンワン・陸太郎（いぬやま・わんわん・りくたろう）
白い髪の謎の美少年。木乃とは同じクラス。

木乃や静と同じく、茶子先生が作った謎の部活〝すぐやる部〟に所属している。

木乃への熱い（意味・鬱陶しい）好意を隠さない。なので、木乃には嫌われている。

静への熱い（意味・しつこい）敵愾心を隠さない。なのだが、静には特に何も思われていない。

●ワンワン刑事（わんわんでか）
謎の黒衣に身を包み、謎のサングラスで顔を隠した謎の少年。

両手に、服の裾の中から落とした銃を持って戦う〝銃七乗拳法〟の使い手。強い。まあこの話に弱い人はあまり出てこないけど。

キノを助けサモエド仮面を付け狙うので、キノには気に入られている。

●黒島茶子（くろしま・ちゃこ）
白い髪とエメラルドグリーンの瞳を持つ、二十代後半の女性教師。

『すぐやる部』の顧問。というかこの部活は彼女が勝手に作って勝手に運営している。イッツ私利私欲。学校の私物化。

趣味は、犬山(いぬやま)の頭に顎を載せること。

彼女が何か言い出す事で話を動かせるので、作者的にはとっても貴重なキャラ。いてくれてありがとう。

●ティー（てぃー）
魔物との戦闘シーンにふらりと現れる謎の少女。

そのときは茶子(ちゃこ)先生がいなくなるが、因果関係は不明。不明といったら不明。読者も詳しく追及しないのがマナーだとされている。

●沙羅（さら）
学園一年（中一）の少女。

おさげにそばかす顔の地味な女の子だが、その正体は国民的歌手の歌担当だったりする。

とっても素直ないい子なのに、すぐやる部に入ったことで、何かよくない方向へ成長しないといいなと、作者は危惧している。

エリアスとは、仲良しこよし。末永くお幸せに……。

●エリアス（えりあす）

沙羅（さら）と同学年の男子生徒。両親は外国人だけど、日本生まれの日本育ち。

沙羅（さら）の助けになりたいといつも願っていて、実際助けになった。そんな男前。立派。

その最中に魔物になってしまったが、勝手に戻った過去がある。

このことは、読者のみんなは忘れていないと思うけれど、主役の木乃（きの）（キノ）は割とサッパリ忘れている。

第二章「すぐキャン」
―Let's Go Camping!―

「はい、先生質問です」

木乃が、挙手と共に訊ねます。

「はい木乃さん」

「団子を食べていいですか？」

「ダメです。他に質問がある人は？」

静が、白い学ランに包まれた手をスッと挙げました。茶子先生がどうぞ、と言って、静はいつもの穏やかな紳士口調で問いかけます。

「〝キャンプ〟というのは、皆で野外に行って、食事を作ったり、アウトドアアクティビティを楽しんだりして、夜はテントを張りそこで眠る――、あのキャンプでしょうか？」

「そうそう。そのキャンプ。ザ・キャンプ」

「了解です」

静(しず)が小さく頷(うなず)きました。

茶子(ちゃこ)先生のことだから、何か別の意味で、実にとんでもない行動をさせるつもりだったのかもしれない——、その不安は払底(ふってい)できました。

すぐやる部にいると、簡単に聞こえる言葉ほど、最初の定義共有が重要であるということが学べます。身をもって。

茶子(ちゃこ)先生が続けます。

「まあ、〝そのキャンプ〟といっても、実際いろいろあるわよね。例えば、ナイフ一本しか持たずに山の中、森の中に入って、そこにあるモノだけを使って野営する行為とか——」

〝ブッシュクラフト〟と呼ばれる、かなりの上級者向け行為ですね。

それなりの技術と知識がなければ、遭難と変わらないことになりかねません。でも、多くの人が憧れるので、動画サイトにアップするとウケます。成功しても失敗しても。

「逆に、ありとあらゆる道具は用意されて、テントは豪華でベッドもあって、ときにエアコンすら付いていて、食事は黙っていればフルコースが出てくるようなやつとか」

〝グランピング〟と呼ばれる、超楽ちんお大尽コースですね。

その分お値段も相当スゴイ事に、ヘタをするとホテルに泊まった方が安いのではないかと思えるほどかかります。ただ、インスタ映えしますよインスタ映え。

「でも、みんなにやってもらうのは、一番分かりやすい、そしてとっつきやすい普通のキャンプ。どこかの森の中や河原ではなく、トイレもある水道もある、整備された有料のキャンプ場で、テントに泊まってもらうアレ。理由はね、ううんとね……」

「野外活動を通じて自然に親しみつつ、知識と経験を養い、かつ皆の親睦を深めようという意図ですね」

「静君綺麗にまとめたー！」

なるほどと部員達が頷く中で――、木乃は一人、祈っていました。強く強く、祈っていました。目の前にそびえる団子が勝手に空を飛んで、自分の口に飛び込んでこないかと。

「しかし、キャンプと言えば夏が主流です。十一月も後半のこの時期では、場所によっては寒かろうと思いますが」

「静君いいところに気付いたー！　そうね、その通り。寒い時期のキャンプは、キャンプ場と雖も難易度が上がるわね。でも、それらを打ち消すメリットもあるのよ。汗をダラダラかかずにすむとか、お客が少ないからキャンプ場が空いているとか、初心者が一番嫌がる虫がいないとか、食材が腐りにくいとか、温かい食事が美味しいとか、温泉がサイコーに気持ちがいいとか――、あとは、関東地方限定になるけど、冬の方が、天候が安定している、とかね」

茶子先生、たまには真面目なことだって言えます。一日に一回くらいは。

「というわけで、レッツ・ゴー・アウト・アーンド・エンジョイ・キャンピング！　エヴリバディ、いいわね？」

〝いいわね？〟と言われても、どうせ死ぬ気で反対してもさらりと実行するのが茶子先生ですから、反論する人はいません。するだけ酸素の無駄ってヤツです。

「具体的には、何かプランをお持ちでしょうか？」

静が聞いて、

「ぜんぜーん」

茶子先生、アッサリと答えました。なるほど何も考えていなかったようです。ただ単に、突然、冬のキャンプがしたかっただけのようです。

たぶんですが、漫画かアニメの影響でしょう。

あるある。そういうこと、よくある。いや、別に悪いことじゃない。というか、全然悪くない。むしろ良い。凄く良い。メッチャ良い。みんなも、もっともっと影響されるべき。

「では、私達で具体的な計画を立てましょう。お団子でも食べながら」

この瞬間、木乃の静に対する好感度は爆上げストップ高です。

「見たところ、六十本あるようだ。一人十本を基本に」

続いて出たそんな優等生的発言に、ちょっと株が下がりました。

おいおい、そこは普通早い者勝ちだろうが。今からでも考え直せ。許すから。

一瞬で二十本は食べられると思っていた木乃は、静にそんなテレパシーを送りました。

「あ、まだ職員室に三百本くらいあるわよ。重くて持ってこられなかっただけで」

この瞬間、木乃の茶子先生に対する好感度は爆上げストップ高です。

一生、この先生について行こうと思いました。訂正、数日くらいは。もとい、数時間なら。

いや、食べ終わるまでの間は。

もぐもぐもぐ。

美味しいもぐもぐ団子をもぐもぐ食べながら、もぐもぐすぐやる部はもぐもぐキャンプの計画をもぐもぐ、立てもぐもぐていきますもぐもぐ。

木乃は、さらにエリアスもかなり食べますので、次々に追加がやってきます。

持ってくる男の人は、新任教師の佐藤さんと言っていました。学園に、こんな人いましたっけね？　まあ、気にしたら負けですね。

団子だけでは喉が渇くので、美味しい緑茶も用意されましたよ気が利いてる。

この先、部員達はひたすら食べていますので、食べる描写はもう必要ないかと思われます。

木乃は、呼吸の合間は常に食べていると思ってください。

「さて、キャンプの計画だが」

静が黒板の前に立って仕切ります。反論する人はいません。犬山は睨んでいますが。

「まずはいつ、どれくらいの日数で行くかだが――」

「来週の天気がいいとき！　二泊三日で！」

茶子先生、さっき全然計画立てていないと言ったじゃないですかー！

部員達は思いましたが、反対しても無駄なのでしません。静だけが、必要に迫られて訊ねます。

「なるほど。確かに天気がいい日がいいですね。そして三日間とすると、週末ですか？」

「オウノーノー！　ウィークデイに決まってんじゃん！　週末は、道もキャンプ場も混むでしょ？」

「しかし授業があり――」

「授業と部活動どっちが大切かっ？」

茶子先生が食い気味で叫びました。授業ですよね。授業です。

「では、先生の許可が出たということで」

静は無駄な争いをしない人です。黒板に、『キャンプ計画。期日・来週の天気が良い平日に。二泊三日で』と書きました。達筆の見本のような、とても綺麗な字でした。

「次は、どこへ行くかで――」

「富士山が見えるところ！　富士山！　日本一の山！　マウント・フージー！」

「では、富士山が見えるところとして――」

「だからここね！」

茶子先生が、懐から紙を出して配りました。

部員達が、どれどれと紙を見ました。

それは、富士山が見えるキャンプ場のウェブページをプリントアウトしたものでした。

名前は——、『ぱらぱらキャンプ場』。

富士山の西側に、『朝霧高原』と呼ばれる広々とした高原地帯があるのですが、そこに位置しているキャンプ場です。

広大な草地の好きなところにテントを張れる、広い広いキャンプ場でした。そびえる富士山が目の前に望める、素敵なロケーションです。キャンプファンの間には超有名で、ＧＷとかお盆とかには、凄まじい量のテントが張られる場所でもあります。

なにも考えていないという茶子先生、準備がよすぎです。どうして、ここを選んだんですかね？　何かの影響ですかね？

静は、紙を見ながらうんうんと頷いて、

「素晴らしいチョイスだと思います。平地であればテントも張りやすいでしょう。広いこともあり、スペースもたっぷり使えそうです」

そう褒めてから、

「ここは有料キャンプ場ですが、お支払いは？」

肝心なことを訊ねました。無料のキャンプ場もあるのですが、ここは有料です。

「もちろん、部活動なんだから部費から出すわよーん！」

「ありがとうございます」

問題解決。

なお、部費がどうなっているか——、学校からいくら下りていて、どうやって使われているかなど、部員は誰も知りません。世の中には、知らない方がいいこともある。

「行く日が決まったら、予約もしておくからねー」

茶子先生が言って、静が訊ねます。

「では、どうやってそこまで行きましょうか？　先生に、車を出してもらえますか？」

今みんながいるこの学園は、神奈川県の横浜市。だいたい、東京の中心から南に三十キロメートルくらい離れた位置。

静岡県と山梨県の県境に位置する件のキャンプ場までは、西へ、直線距離でも百キロメートルはあります。

空でも飛ばない限り、標高三七七六メートルという日本一の高さでそびえる富士山を突っ切ることはできません。南北どちらに迂回するにせよ、移動距離としては、百キロメートル以上になるでしょう。

「それについては、考えた」

プランは全然なかったとか言いながら、こちらも案があるようです。突拍子もないものでないことを願うばかりですが。

静をはじめとした部員達が見守る中で、茶子先生は、

「まず、沙羅ちゃんとエリアス君、二人は私の運転で行きも帰りも乗せてくから心配ナッシング。沙羅ちゃんは、寮母さんに話を伝えて外泊許可証を取っておいて。エリアス君は、保護者の承諾書をちょうだいね」

「分かりました」

「はい」

沙羅とエリアスが、しっかりと頷きました。

エリアスに至っては、先ほどからずっとメモまで取っています。この部活で、ちゃんとメモを取る人は彼くらいでしょう。

「そして上級生組の三人は、今回は自分達の力で行ってもらいましょう！　つまり、現地集合の現地解散。テントと寝袋と着替え――、自分達の必要最低限のキャンプ用品も一緒に運ぶこと。今回の部活動は、〝自分一人で長距離移動する練習〟も兼ねてるからね。どんな方法でも構わないけど、プランとタイムスケジュールを私に提出しておくこと。初日は、遅くてもだいたい十六時までに現地に到着すること。どうしても遅れる場合は連絡ね。最終日は向こうを九時に出て、夕方までに帰ってくること」

まるで教師のようにスラスラと語る茶子先生に――、

真面目だ……。超真面目だ……。

部員の全員が思いました。茶子先生、何か悪い物でも食べたのかと、心の底から心配しました。まさかこの団子っ！

「大変に素晴らしいと思います。私は問題なく可能です。お二人は？」

静が犬山と木乃に聞いて、

「簡単です」

犬山は即答。

「ふががふぐもぐむ、むむぐがむががぐ」

みたらし団子で口内が満たされていた木乃は、そんな含みのある言葉を返して、首は縦に振りました。

「では、集合解散はそのようにするとして——、キャンプですと、テントや寝袋をはじめとしたいろいろな道具が必要です。先生、そのあたりは？」

静はもう、茶子先生のプランを聞く方へと自然にシフトしました。この先生、絶対に計画をバッチリと立てているに違いありません。

「それねー、ノープランなんだけどさ——」

おっと、そこは本当に何も考えていないのか？

「私と沙羅ちゃん用のやや大きめのテント、エリアス君専用のテント、三人分の冬用の寝袋とマットは部費で購入した。それ以外の道具——、炊事用品、お皿やカップ、机やイス、焚き火台なんかも、私の知人が貸してくれるから手配済み」

こういうのをノープランと言うのは、間違っていると思います。

「素晴らしいです。食事に関しては？　キャンプと言えば、アウトドア料理ですが」

それな。

きらり。木乃の目が光りました。団子を食べながら。

茶子先生が答えます。

「食材は、部費で全部用意してあげる。そして上級生組三人には、部活動の一環として、最低でも一品、皆に振る舞える料理を作ってもらうわよ！　出発当日朝までに、必要な材料と分量を頂戴。ワイルドで野性的な野外料理をお願いするわ！」

ワイルドと野性的は同じことでは？　それはそうと、

ギラリ。

団子をほおばっていた木乃の目が、さらに怪しく光りました。

自分で作るとはいえ――、素材無制限ですと？

むふっ、ぬふぬふふふ。ははははははは。あーはっはははははははっ！

木乃、高笑い。心の中で超高笑い。

「だから三人は、さっきも言ったけど自分達用のテントと、寝袋と、マットを各々方で準備よろしく。それと防寒具、着替え、みんなで楽しめる遊び道具があれば持ってきて」

「大変素晴らしいですね。――二人とも、できるかな？」

静が犬山と木乃に訊ねて、

「問題ありません」

静の発言は、どんなものでも挑戦と攻撃だと思う犬山は即答。コイツに〝できない〟などとは言わぬ。

「もぐむごむむぬ、むがぐがぐぐ」

みたらし団子で口内が満たされていた木乃は、そんな含蓄のある言葉を返しつつ、首は縦に振りました。

「みんなでキャンプ！」

嬉しくなって、子犬が吠えたような可愛い声を出したのは沙羅。

彼女は昔から、天涯孤独の身として厳しい生活を重ねてきましたから、ドキドキワクワクが止まらないのでしょう。

「とっても楽しみでなりません！　私、キャンプをしたことがないです！　してみたいと思っていたんです！　るるら～♪　全ての山に登りましょう～♪」

ピュアな気持ちと澄んだ声が理科室を包んで、

「むぐぐむごむむむ」

隣で木乃は、頰を団子で膨らませながら、満足そうに言いつつ頷きました。またも、感動的ないいセリフを発しました。さすがは主人公です。

「あのう――、僕も、とてもとても楽しみですが、キャンプを一度もやったことがなくても大丈夫でしょうか？」

とても心配そうに聞いたのは、もちろんエリアス。沙羅とは実に対照的です。でも、事前に訊ねるというのは、慎重であるということ。決してダメではありません。

茶子先生が、質問に答えます。

「もちろん大丈夫！　バッチ来い！　私に任せて大船に乗りなさい！」

その堂々たる返事に、茶子先生はさぞかしキャンプ慣れしているのだろうと、エリアスは目を輝かせました。

「まあ、私も一度もやった記憶がないんだけどね」

エリアスの目が、一瞬で曇りました。泥船じゃん。

「でも、ここにいる先輩三人は、キャンプのプロでしょ？　違う？」

茶子先生とエリアスと沙羅の視線を受けながら、まずは静が答えます。

「プロと言えるかは分かりませんが、修行のための単独山ごもりでしたら、冬山も含めて何度も経験はあります」

そして犬山が、静への対抗意識剝き出しで答えます。

「欧州ではアウトドアアクティビティが盛んですので、幼い頃から何度でも。頼ってください」

最後に木乃が、もぐもぐごっくん、団子をしっかりと飲み込んでから答えます。

「幼い頃から実家の北海道で、おばあちゃんとよく裏山に泊まりに行きました。キャンプって、五十キログラムの背嚢を背負って、自動小銃と予備弾薬を持って、敵に見つからないように一週間以上無補給で過ごすってアレですよね？　お腹が空いたら、そのへんにいるエゾシカを仕留めて食べる」

まあ、だいたいあってます。

死ぬ程頼りになるビッグシップな三人の先輩の存在を知って、

「安心しました！　僕もとても楽しみです！」

エリアスは何度も頷きました。

「よーし、では上級生お三方！　キャンプでの楽しみ方を私と沙羅ちゃんとエリアス君に教える！　それが部活動！」

茶子先生がそう言って、この日はお開きになりました。

団子は、全て食い尽くされました。

机の上には、家が建ちそうなくらいの串が残されました。

団子の直後の夕食の後、学食でガッツリ食いまくって寮の自室に戻ってきた木乃は、

「むう、さあて、どうしたもんだべか……」

方言丸出しで悩みました。

壁際にぶら下がっているガンベルトにぶら下がっている、ストラップのエルメスが、

「何？　コンビニに何を買い食いに行くか？　アイス？　ポテチ？　菓子パン？」

「部活動のキャンプのこと！　どうしたらそんな結論になるのかね？」

「え？　木乃だから」

「わたしをなんだと思ってる？」

「え？　木乃だと」

それはさておき、木乃は考えました。

テントとか寝袋とかマットとかその他の野営に必要なアイテムは、確か北海道の実家にあったはずです。おばあちゃんとの〝軍事訓練〟に使ったヤツが。それを送ってもらえば、問題はないと思います。

「モノはいいとして……」

「問題は、行く方法だね。木乃」

「それよ。さっきのプリントにあったけど、ここから行く場合、電車を幾つも乗り継いだ末の最寄りの駅から、さらにバスに徒歩と、けっこう時間と手間がかかる」

「面倒だねえ。ましてや荷物を抱えてだと」

「まったく、先生が乗せていってくれればいいのに」

「そこはそれ。少しは部活動らしいコトをしなくちゃね」

「部活動らしいこと……。そうか！　ハイジャックすればいいのか！」

「どうしてそうなる？」

「茶子先生は沙羅ちゃんを迎えに来るわけだから、寮の前で覆面して待っていてさ——、ドアが開いた瞬間に〝ハーイ、ジャック！〟って言えば問題なし」

「ありすぎるよ。素直に自分の力で行こうよ」

「どうやって？　エルメスが変形してバイクになってくれるの？」

「それは、魔物封印のために謎の美少女ガンファイターライダー・キノに変身したときだけ。公私混同はしないよ。女神様の名にかけて」

「じゃあ無理じゃん！」

木乃が天井を見ながら吠えて、エルメスが助け船を出します。

「記憶が確かなら、木乃は夏休みに、普通自動二輪の運転免許を取得したよね？」

十六歳から取れる、排気量四百ccのバイクまでが乗れる免許です。詳しくは後述。

「あ、そうだ、忘れてた。だって、免許証の写真がすっごく変なんだもん。忘れたい過去」

「うん、思い出せ」

「えっと、なんの話？」

「免許！　せっかく国が許可してくれているんだから、バイクで行けば？」

「なるほどー。だけど——」

「だけど？」

「わたしにはバイクがない。ドケチのエルメスは変形もしてくれない。心はいつも半開き」

もしも、バイクが、買えたなら。

「公私混同禁止。だから、そこを考えるんだよ」

「わたしにバイクを買えるようなお金はない」

「知ってる。お小遣いがほぼ全部買い食いに消えるからね。でも、買うのは無理にしても、最近はレンタルバイクってあるでしょ？」

エルメスの提案に、木乃はゆっくりと伸びをしながら答えます。

「ああ、レンタルかー。調べてみっか」


さて次の日、水曜日のこと。

朝からザーザー降りのこの日、木乃は昼休みに、寮の玄関口にある公衆電話を使い、実家のおばあちゃんに電話をかけました。普段のやりとりは手紙がメインですが、今回だけはちょいと急ぎですので。

木乃は、この期に及んでも携帯電話を持っていません。この学園でテレホンカードをまだ持っているのは、木乃くらいのものですね。クラスメイトに、

「それは一体何？」

って聞かれました。

ちなみに、自分からかけてそのまま話すと度数がバシバシ減っていくので、おばあちゃんに電話を一度かけて、寮の電話に折り返しかけ直してもらう方法をとります。

ハローおばあちゃん、かくかくしかじか。

部活動でのことを説明すると、いつも優しいおばあちゃんは、必要な荷物を送ることを快諾してくれました。

ただし、なにせ北海道の、さらに自宅庭で12・7ミリクラスの大口径対物狙撃銃の射撃練習（違法です）ができる程の過疎地からの宅配なので、横浜市到着は土曜日になるだろうとのこと。

それでも今週中なので、ギリで間に合いますね。この問題はクリア。

もう一つ、かくかくしかじか、木乃はレンタルバイクのことを説明しました。

すると優しいおばあちゃんは、そのために必要な金額を〝臨時お小遣い〟として振り込んでおくとオーケーしてくれました。

ただし、条件が付きました。

　おばちゃんは、電話で優しく言いました。

『ヘルメットはレンタルではなく、新しく買いなさい、木乃。大切な頭を守る防具ですから、自分だけが使う物を所持し、破損や落下に気をつけて、責任を持って管理しなさい。同時に、いい機会ですので装備品も揃えなさい。具体的には、背中や胸にプロテクターの入ったジャケット、膝と腰に同じくプロテクターが入ったズボン、そして、最低でも踝までを覆いガードしてくれるブーツです。長い間使う物です。ケチらずにいいのを買うんですよ。それらが必要なだけの金額も、振り込んでおきますね』

『おばあちゃん大好き！』

『ところで木乃、今回の私の出番はこれだけですか？』

『はい？　なんの話？』

『いえ、なんでもありません』

　これだけです。

　そして木曜日です。

　放課後に最寄りの駅にある銀行ＡＴＭに赴いた木乃は、

「ぬむほはっ！」

自分の口座の残高照会をして、画面に出た数字を見て変な声を出しました。桁が、桁が違いますよ。

中古バイクなら買えてしまいそうな、今まで見たことがないような数字が並んで画面に出てきて、

「これだけあれば……、あの店のステーキを……、その店の寿司を……、彼の店のシュークリームを……」

「はいはい、考えることすら止めようね、木乃。それはバイクのレンタル代とガソリン代、そして何より、今後長く使うことになる、ヘルメットや装備品代だよ？」

「てやんでい　言われなくても、分かってらいっ！」

「なぜ江戸っ子？」

こうして、金額的には買えるようになった木乃ですが、

「ねえエルメス、バイクのヘルメットってどこで買えばいいの？　ヘルメット屋さん？」

「さて。通販でも買えるんだろうけど、試着したいでしょ？」

「もちろん。被るものと履くものと拳銃のグリップは、試すまでは買えない」

「その例えはどうかと思うけど。とりあえず――」

そしてエルメスは、喋るストラップという非常識的な存在のくせに、常識的な意見を言うのです。

「茶子先生に聞いてみたら？」

「まー、なんて前向きな！　素晴らしい！　先生感動した！　いたく感動した！」

金曜日、風が強くてよく晴れた日のこと。

食後の昼休みに職員室へ行って話しかけた木乃は、ハイテンションな茶子先生にバシバシと両肩を叩かれました。痛い痛い。

「おっし！　そういうことなら、今から車で行くか！」

「は？　どこへ？」

「ちょいと離れたところにあるバイク用品専門店！　そこに行けば、どんな夢も、叶うというよー！」

叶うかどうか、それはさておき、

「車で連れて行ってくれるのは大変に嬉しいんですが……、先生……、午後の授業は？」

「え？　自習」

とまあこういう理由で、黒島茶子先生の五時間目と六時間目の授業は自習になりました。

木乃は茶子先生の運転するホンダ・オデッセイで、二十キロメートル離れた場所にある、巨大なバイク用品店に赴きました。

なぜかは知りませんが、静と犬山も一緒です。茶子先生が、誘拐さながらに引っ張ってきました。

バイク用品専門店は、広いお店でした。木乃は、ヘルメットを探しました。自分に似合う、そして試着してちょうどいいものを求めて。

あまりにたくさん並んでいるのでしばし悩みましたが、結果的には欲しいものが買えて、ホクホク顔でした。

同時に買ったのは――、

まず、バイク用のジャケット。こちらもいろいろ悩みましたが、

茶子先生が笑顔で持ってきたのは、〝エアバッグ〟が付いているというシロモノ。

「ねえねえ木乃さん、これいいわよコレ！」

「右胸にCO2ボンベが付いていて、バイクにワイヤー引っかけて、事故とかで吹っ飛ばされたら体の前後と首回りでボーンって膨らむんだって！　これにしなさいよこれ！　安全！　よし決めた！」

「はあ、エアバッグですか……。今は、凄いハイテクなのがあるんですねえ」

ババ臭いセリフで感想を述べて、それから試着した木乃です。

「ふむ……」

ボンベやエアバッグ、プロテクターなどの安全装備のおかげでそれなりに重いのですが、まあ着て着られないことはないですね。

木乃はタフにできていますし、おばあちゃんと一緒に行う戦闘訓練の装備品の方がまだ重い。ジャケットのデザインも、シックで悪くない。色は黒。

しかし、

「さてお幾らするのか――、げほぐはっ!」

木乃は値札を見て、心底ぶったまげました。

お値段、税込みで六万円以上します。他のジャケットが二~三万円で買えることを考えると、これは相当な高級品。

高い。正直高い。牛丼が何杯食えるか。ポテチが何袋買えるか。計算機はどこだ。

しかし、

「か、か……、金ならあるんや!」

木乃はこれに決めました。

余談ですが、あとでエルメスに、

「ずいぶん思い切ったねえ」

そう言われたキノは、

「まあ、いいモノだし。それに――」

「それに？」

「もらった大金を迂闊に残すと、それら全部が鯛焼き代に消えそうだったからパーッと使うことにした」

そう答えて、エルメスを呆れさせています。

さらに木乃は〝レインウェア上下〟、〝膝にプロテクター入りバイク用ジーパン〟、〝脛までガードするバイク用ブーツ〟、〝バイク用グローブ〟を手に入れました。

それらはごく一般的な普通のヤツを、普通の値段で買いました。

そして、完全に冒険の準備が整いました。いっぱしの勇者ですね。

全部で、福沢諭吉、あるいは渋沢栄一がサッカーチーム組めるくらい吹っ飛んでいきましたけどね。

「よし、いい買い物をした。おばあちゃんありがとう。茶子先生も、連れてきてくれてありがとうございます」

「どういたしまして。じゃあ、ばっちり買い物も終わったし、何か甘い物でも食べてから帰ろうか？　トーゼン私のおごり！」

「さんせー！」

木乃が、

「いいですね」

犬山が、

「ご馳走になります」

静が言いました。

この帰り道にソフトクリームを堪能して、すっかりいい気分で車の中で寝ていたらエルメスに叩き起こされて――、
このあたりの顛末は、『学園キノ⑥』に書かれている通りです。


さて、日曜日のことです。

この日は朝から雨降りデイでした。

気温もグッと下がって、十一月も下旬ですので、〝冬遠からじ〟という雰囲気です。

午前中も半ばを過ぎた頃、やっと起床した木乃の元へ、茶子先生から連絡がありました。

何度も書きますが、この期に及んでも携帯電話を持っていない木乃ですので、寮へと電話がかかってきての、伝言です。

それによると、

『明・即・出！』

たった三文字。

シンプルですね。もちろんすぐやる部のキャンプ旅行のことで、明日から行くのだと木乃は分かりますが、寮母さんは何かと思ったことでしょう。

木乃が寮の新聞を読むと、確かに明日から、全国的に三日間、綺麗に晴れの予報でした。さては茶子先生、気象庁に金を送ったな。あるいは天気をコントロールできる人を雇ったか。できることはまだあるかい。

ただし、晴れるおかげで気温はグッと低くなる、なんて書いてあります。

しかも、キャンプ場があるのは高原地帯。標高は、実に八百メートルほどある場所。一般的に、標高が百メートル上がると、気温は〇・六度下がると言われています（余談ですが風速一メートル／秒ごとに、体感温度は一度下がります）。

「ふっ、そうか……、寒いのか」

おっと木乃が、大胆不敵な笑みを作りました。

「ならば――、鍋だな！」

第二章「木乃の旅」
—Ride!—

月曜日。

時間は朝の十時半ころ。

綺麗に晴れた十一月の蒼い空の下で、鎌倉の海沿いの道を、

「ひゃほー！　気持ちいいー！」

一台のバイク（注・二輪車のこと。空は飛ばない。二〇二一年現在）が走っていました。

運転手は若い人間でした。十代中頃。分かると思うけど木乃です。

木乃は、上から下まで、新品ピカピカのバイク装備で身を固めています。

上から――、

買ったばかりの白いフルフェイスヘルメットにゴーグル。

買ったばかりの黒いエアバッグ付きジャケット。作動用ワイヤーが右胸から出ていますが、

これはバイクのフレームにがっしりとくくりつけられています。

買ったばかりのバイク用ジーンズと、買ったばかりのバイク用ブーツ。買ったばかりのバイク用グローブ。

おばあちゃんに持たされた、いつ買ったか、思い出せないガンベルト。

そしてそこに引っかかっている、どこで売っているのか誰も知らないストラップのエルメス。

「天気がいいねえ。風も弱くて視程もいい。絶好のツーリング日和だねえ」

エルメスも上機嫌です。

木乃達が走っているのは、国道１３４号線です。

この道は、神奈川県南東部、東京湾に面した横須賀市をスタートして、三浦半島を時計回りにぐるり。

そして相模湾に面した古都鎌倉から（今ここ）、湘南の名所〝江の島〟経由で、神奈川県西部の大磯町へと向かう、人気のシーサイドロードです。

いわゆる〝湘南の海沿いの国道〟といえばこれのこと。

地元の人は周知の事実でしょうが、特に二車線しかない江の島以東で、渋滞の多い道です。

今もそれなりに車は多いですが、時間がいいのか、詰まって車が動かないほどではありません。

木乃が運転しているのは、排気量百十ｃｃの小型バイクでした。

その名も『クロスカブ』。

メーカーは本田技研工業株式会社。要するにホンダです。

新聞配達から出前から営業外回りから、頑丈な構造とずば抜けた低燃費で大活躍している『スーパーカブ』という超有名な実用車がありますが、クロスカブはその姉妹車。

車体やエンジンなどの基本構造は共通でも、よりスポーティーに、そして少々の悪路でも走れるようにアレンジされた車種です。言わば、スーパーカブのSUV版といったところでしょうか。

かなりの人気車種で、あちこちで走っているのをよく見ます。色は黄色や緑もあるのですが、木乃が選んだのは、ホンダらしい明るい赤でした。

もちろんこれは、レンタルバイクです。

今朝の八時、最寄りのお店のオープンと同時に木乃が借り受けたもの。

前日に予約する際には、どのバイクを借りて行くか、木乃はちょこっとだけ悩みました。

木乃は普通自動二輪免許を持っているので、排気量四百ccまでの二輪車が運転できます。

ちなみに日本の二輪の区分は、大まかに言うと――、

●原付（原動機付き自転車）＝排気量五十ccまで。最高時速は、どんな道でも三十キロまで。これだけは、〝普通自動車免許〟などがあれば公道での運転が可能。

●小型自動二輪（原付二種）＝五十cc超～百二十五ccまで。運転には最低でも〝小型限定

自動二輪免許〟が必要。車の免許ではダメです。

●普通自動二輪＝百二十五ｃｃ超〜四百ｃｃまで。最低でも〝普通自動二輪免許〟が必要。木乃が取得したのはこちら。

●大型自動二輪＝四百ｃｃを超える排気量のバイク。〝大型自動二輪免許〟が必要。

——となります。

もちろん、より排気量の大きなバイクを運転できる免許があれば、その下の排気量のバイクは運転できます。つまり、大型自動二輪免許があれば、普通も小型も原付もＯＫという理屈です。

二輪免許にはそれぞれ、ＡＴ限定（オートマチック・トランスミッション限定）という括りもありまして、その免許の保持者の場合は、ＡＴ車両しか運転はできません。

バイクのＡＴとは、つまりはスクーターとかですね。クラッチ操作による、ギアの切り替えが必要ないタイプ。

とまあ簡単に紹介しましたが——、

このあたりのことは、実際に免許を取りたいという人は、ちゃんと調べてくださいね。

ささて、木乃のレンタルバイク選びですが――、

バイクも百二十五ｃｃより上になると高速道路に乗ることができますし、四百ｃｃとなればかなりの速度が出せます（もちろん、制限速度がありますけどね）。百数十キロメートル離れた場所への移動は、きっと楽ちんでしょう。

でも、木乃は最終的に、高速道路を使えない排気量のクロスカブを選びました。

エルメスがなぜと訊ねましたが、理由はシンプル＆簡単でした。車両本体の価格が低いので、レンタル代が安いからです。

「なあんだ、そんな理由かあ。てっきり、〝あえて小さいバイクで、遠くまでノンビリと下道（注・高速道路に対して一般道のこと）を行くのが、旅っぽくって面白いから〟だとばかり」

「採用！　それ！」

そうです。

木乃は、下道で遠くへノンビリ行く面白さを追求するために、ノンビリツーリングを楽しむために、あえてクロスカブを選んだのです！

それが木乃の旅です！

ザ・ビューティフル・ロードなのです！

さて、クロスカブですが、後輪の上がタンデムシートではなく、広い鉄パイプ製のキャリアになっています。

おかげで、荷物が大変に積みやすい車種です。そういう意味でも、旅バイクのチョイスとしてはナイスかと思われます。

木乃の腰の後ろには、かなり大きな、黄色の防水バッグが横向きに鎮座しています。

そして万が一にも道路の上に落とさないように、ゴムバンドでがっちりしっかりと固定されていました。走行中の車両から荷物を落として後ろの車に被害を与えたら、落とした運転手の責任です。絶対に避けねばなりません。

防水バッグの中身は、おばあちゃんから送ってもらった、寝袋などのキャンプ道具一式と、寝間着と着替えとその他です。

「このタイプは初めて乗ったけど、全然よく走るじゃん」

海沿いの道を走らせながら、木乃がそんな感想を漏らしました。

原付と違って、時速六十キロメートルまでは法的に出せる乗り物ですし、エンジンパワー的にもその速度で巡航ができます。

下道で流れに乗るには、必要十分です。排気量が百十ｃｃというのもいいですね。

もしこれが五十ｃｃ、つまり原付だと（スーパーカブやクロスカブには五十ｃｃバージョンもあります）、時速三十キロメートルを超えて走ると、速度違反切符を切られてしまいます。

なので、原付のライダーは、

『時速六十キロメートルくらいで他の車と同じように走ると、流れに乗れて抜かされる心配は減るが、スピード違反になる』

もしくは、

『法を守ってキッチリ三十キロメートル以下で走ると、右脇をビュンビュン他の車両に抜かされていく危険と恐怖を味わうことになる』

の二者択一を迫られる可能性があります。

バイク乗りがよく、

『五十ｃｃ（原付）は簡単に免許が取れるし、車の免許でも乗れるけど、幹線道路を走るのなら結構危険だよ。できれば自動二輪免許を取って、小型自動二輪以上に乗って、道路の真ん中を走った方がいいよ』

などと言うのは、それが理由の一つです。

この辺りも、これから免許を取って二輪を乗ってみたい人は、よく考えてみてください。

さて木乃の旅に戻りますと――、

クロスカブを選んだ以上、今回のルートに高速道路は使えません。

下道だけで横浜市から、富士山の反対側まで行くには、どうすればいいでしょう？

「ううむ。さてどうやって行くかのう」

少々時間が戻りまして、昨日――、すなわち日曜日のこと。

木乃は寮の個室で、バイク用品店で買った、ツーリング用地図を広げてみました。

地図のあちこちにライダー目線の脚註や観光ガイドが書いてある、バイク乗りならほとんどが使っているという地図本です。全国をいくつかに分けているので、その関東・甲信越版。

木乃だって、富士山がどこにあるかくらいはだいたい知っていますが――、具体的にどのルートで行けるかなどまったく知りません。

すると、文明の利器であるナビゲーションシステム、略称〝ナビ〟があった方がいいに決まっています。

ナビは、これに頼るあまりに地図を覚えなくなると言う人がいます。そりゃそうかもしれませんが、安全に走れるのなら使った方がいいです。

初心者ほど、無理せずに便利な機械に頼りましょう。ナビを使いながら、道を覚えることだってできるはずです。ナビを使い走行を安全に楽しみつつ、地図の見方、使い方を覚えるのがベストでしょう。

「ねえエルメス。バイク用のナビってあるの？」

「あるよー」

「よろしい。わたしに説明しなさい」

「なぜそんなに偉そうなのか？」

「わたしが、わたしだからだ」

「分かるような分からないような。まあいいや。えっとね、今のバイク用のナビゲーションは、ざっと言えば三つのチョイスがある」

「知ってる！　説明しながら四つめの選択肢を出して、〝チョイスは四つ！〟って付け足すギャグ！」

「話を進めていい？　チョイスは三つ！」

①バイク専用ナビ。

文字通り、バイク専用に作られたナビです。

専用なので、取り付けは車種別のステーなどでがっちり決まります。取り付け位置はハンドル中央だったり、スピードメーターの上だったりと、まあいろいろです。

本体の防水・耐衝撃性能が大変に優れています。

ただ、お値段はかなり高め（ざっと五万以上～）なうえに、種類はとても少ないです。

②車用ナビの流用。
車用に売られているポータブルナビを、そのまま使うという手段です。

GPS信号さえ受信できれば使えますので、一万円以下から存在する、車用格安ナビが選べます。

ただし、基本的に防水性能がありません。そのまま雨に降られたら容赦なくぶっ壊れますので、カバーやケース、ステーなどの工夫が必要になります。

③スマートフォンをナビとして使う。
今はこれが一番流行(はや)っているのではないでしょうか？

スマートフォンのナビアプリは便利です。手軽です。

ただしこちらも、固定と防水には気をつける必要があります。


そしてこれらのどれを選んでも、ルート案内などをさせて長時間使うためには、バイクから電源を引っ張ってくる必要があります。内蔵バッテリー駆動では、心許ないですね。

昔のバイクなら、後付けの電源ソケットを装着しましょう。

最近のバイクなら、最初から12V電源ソケットが付いているのが便利ですね。

バイクの配線に割り込ませて、専用の電源を取る方法もあります。①のバイク専用ナビの場合、この場合が多いですね。

また、ナビ画面をずっと見ているのは危ないので、バイク用のブルートゥースインカムを使って、ヘルメットの中のスピーカーに案内音声を飛ばすことができます。優しく耳に教えてくれます。ありがたし。

ちなみにインカムは、ライダー仲間と通話したり、携帯電話を経由して電話したり、音楽を聴けたりします。

さらにお金が必要ですが、あると大変に便利です。


とまあそんな感じの説明をエルメスから聞いた木乃が、今回の旅のために選んだのは、

「よく分かった！　わたしには、ナビやインカムを買うお金はないってことが！　――したっけエルメス、道案内よろしく！」

エルメスに全てぶん投げるという、他の人には真似できそうもない、とても清々しい方法で

した。

「いきなり他人任せ！　しょうがないなあ……」

道に迷われても困るので、エルメスは引き受けました。

そして考えました。

地図を睨んで、木乃にページをめくってもらって、

「ふむふむ。ここから富士山の向こうまで、いくつかのルートが提案できるけど、どんなのが希望？」

「そうだなあ……、なんとなく、だけれどね……」

「なんとなく、だけれど？」

「あまり他の車と一緒に走りたくないから、ちょっと遠回りでも、ノンビリマイペースで行ける道がいいな。大型トラックがバンバン走る国道とか、できる限りナシで」

「了解。それがいいね。安全性も増すし、田舎道は景色もいい」

「あと、これはもう言わなくても、エルメスくらいわたしを知っていれば、デフォルトで考慮してくれていると思うけど」

「なに？」

「道中、美味しい飯が食えるところ」

こうして出発した木乃ですが――、

エルメスナビの指示通り、まず学園の寮がある横浜某所から、空いている道を南下して鎌倉の海沿いへ。

そして西へと転進。

湘南海岸沿いを、つまりは国道134号線を走り続けました。

「海のすぐ脇！　気持ちいいー！」

木乃が声を上げたこの辺りは〝七里ヶ浜〟と呼ばれる海岸です。サーファーが多い場所です。

前方には名勝・江の島も見えてきました。

右側を併走する緑の電車は、有名な〝江ノ電〟です。

車の流れに乗って走っていると、おっと、有名な踏切が見えてきましたよ。某国民的人気高校生バスケアニメでOPに使われたことから、海外の（特に台湾での）人気が猛烈に高く、すっかり観光地になってしまっている踏切が。

天気がいい今朝も、たくさんの観光客がいます。ウェディングドレスとタキシードで記念撮影をしているカップルも。お幸せに。

「しばらくはこの道を真っ直ぐね。今は片側一車線だけど、この先、江の島の入口付近から二車線になる。まあ、左車線を制限速度の六十キロメートルで淡々と走っていればオッケー。同一車線から強引に抜かれる危険を避けたいから、堂々と車線の中央をね」

「りょうかーい」

エルメスナビ、道案内のみならず、走行時の細かい注意事項まで告げてくれます。メチャクチャ優秀ですね。


「まだ真っ直ぐだよ。眠らないでね、木乃」

「寝たらエルメスが運転代わってくれるシステムは？」

「ない」

木乃は江の島を横切って、二車線になった国道134号線を、時速六十キロメートルをキープで、淡々と進みました。

海沿いの道ですが、立派な砂防林でほとんど海は見えません。

ただ、途中、サザンオールスターズで有名な茅ヶ崎の海岸沿いと、相模川の大きな橋を渡るときは豪快に海が見えます。よそ見、注意。

さらに隣町の平塚まで走ってきて、赤になった信号で止まったとき、エルメスが下から木乃に訊ねます。

「ライディングの調子はどう？　木乃は、ちゃんと公道を走るのって初めてだよね？」

謎の美少女ガンファイターライダー・キノとしては先日走りましたが、アレは例外としましょう。だって転んでも死なないような頑丈な身で走る訳だし。チートだし。

木乃は真剣に考えて、答えます。

「うん。大丈夫かな。しっかり適度に緊張しているから」

「オッケー。じゃあ、このまま予定通り行こう」

「了解。——って、もしダメだったらどうするつもりだったの?」

木乃、聞かずにはいられません。エルメスが答えます。

「この場所なら、レンタルバイクショップの系列店が近くにあるから、そこにサクッと返却しちゃって、その先は電車でGO。まだ間に合う」

「そこまで考えておったのか……」

エルメスナビ、メッチャ優秀。

そして信号は青に変わりました。木乃はアクセルを開けました。クロスカブは軽快に走り出しました。

平塚市を過ぎると、次の町は大磯。このあたりで、湘南海岸沿いの道は〝西湘バイパス〟という有料道路になってしまいます。

これは相模湾ギリギリを、本当に波打ち際の上を通るバイパスです。

左側にはずっと海が見えていて、晴れた日は最高に気持ちがいいのですが、台風が来ると通行止めになったり、最悪の場合は道路が波でぶっ壊されたりするというワイルドなロードです。

「まあ、あっしには関係のないこって」

そこは通行できない木乃は、内陸部に入って、そのまま繋がるように天下の国道1号線（一般道）へ。

かつての東海道の松並木が残る道を進み、大磯や二宮といった、神奈川県西部の町を通り抜けて行きます。正月の箱根駅伝にも使われるルートですね。

やがて、二宮駅の脇を通り過ぎて、下り坂を進んで行きます。そう、箱根駅伝で、某龍ボールの敵のコスプレをして応援している人がたくさんいる坂です。

「木乃。橋の先の、次の信号を、右だよ」

「エルメス、右ってどっちだっけ？」

「左の反対」

「なんと分かりやすい！」

木乃は〝押切橋〟の信号を右折しました。

国道1号線の旅はここまで。ここからは小さな川に沿って、北に向かってノンビリした景色の中を通り抜けていきます。

県道77号線を、東名高速道路の橋脚をくぐってさらに走っていると、山道の右側に、射撃場の看板が見えてきました。

「おっ！　エルメス、こんなところに射撃場がある！」

木乃、射撃場となると興味を持たずにはいられない。なぜなら木乃だから。

「〝神奈川大井射撃場〟だね、木乃。クレー射撃専門の」

エルメスナビが説明してくれました。

飛び出す素焼きの円盤（クレーピジョン）をショットガンで撃ち落とすというのがクレー射撃。それが楽しめる場所です（余談ですが、神奈川県にはここともう一箇所、〝神奈川県立伊勢原射撃場〟というのがありまして、こちらではライフル射撃もできます）。

地元神奈川県の人はもちろん、東京都に射撃場が一つもないので、都心から高速を使ってやってくる人も多い場所です。大井だけに。座布団全部取れ。

時々、芸能人も見かけますよ。○×さんとか。△□さんとかも。

「なるほど。わたしも撃てる？　ＡＡ12とかで」

「ダメ」

木乃は銃刀法違反ガールだから無理です。

ちなみにＡＡ12は、フルオート連射が可能なベリーヤバイ散弾銃です。所持許可がそもそも下りません。

大井射撃場入口を通り越し、東名高速道路を今度は下に見ながら山を越えると、〝大井松田インターチェンジ〟付近へやって来ました。町がよく見えます。

ここを通るたびに、

「おーい！　松田！」

と叫ぶとほどよく空気が冷えますので、真夏の暑いときなどに大変にオススメです。

木乃はエルメスナビに従って、番号が一つ増えた県道78号線を、平坦な町中の真っ直ぐな道をゴリゴリと南西に進んでいきます。

やがて、〝竜福寺〟の信号を右折。グイグイと登る坂道へ入ります。

神奈川県西部にある〝足柄山〟、そしてその山を越える〝足柄峠〟への道です。ここからは登山です。

「〝まさかり担いだ金太郎〟で有名な足柄峠だよ、木乃」

「と言われても、道産子のわたしには分からんのじゃ」

「峠の途中に、有名なうどん屋さんがある」

「あれかー！　ＴＶでやってた！」

「もうすぐオープン時間だから寄れる」

「お主を選んだこの目に狂いはなかったようだな……」

ここまで一時間以上走ってきていた木乃は、急カーブ＆急勾配の山道の途中にあるうどん屋さんで最初の休憩タイム＆昼食タイム。

もちろんうどんをたらふく食った。おでんもあるので、それも食べた。食わない訳がない。

たっぷり注文したときに、

「お連れ様は後から？」

そう聞かれましたが、一人旅です。

大丈夫。全部食べます。汁一滴残さぬ。


「食ったぜ。行くぜエルメス」

「はいよー」

急坂急カーブの道を登り切って足柄峠（あしがらとうげ）を越えると、神奈川県から離れて、お隣の静岡県へ入ります。

県境を自分で越えると、なにかこう、旅をしている感じがありますね。

「うむ。道産子（どさんこ）のわたしには斬新じゃ。なにせ境を陸路で越えることが無理だからな（除・青函（せいかん）トンネル）」

沖縄の人も同じ感想を持ちますよね。

十一月も終わりのこの時期、足柄山（あしがらやま）では紅葉が見事です。山々が、明るく燃えているようです。横浜市では、色づきもまだなので、さすがは山の上。

「ここは道なりに真っ直ぐね、木乃」

「真っ直ぐってどっちだっけ？」

「右でも左でも後ろでもない方」

「なんと分かりやすい！」

エルメスナビは、かなり細い道ばかりを走らせます。静岡県の県道365号線で、足柄山を一気に下っていきます。

おっと、富士山がどーんと見える見晴らしのいい場所がありましたね。広場に設置してある鐘でも鳴らしていきましょうか？　カップルじゃないからいいですか。そうですか。

木乃は休まず走り続けて、

「適度なカーブに山道で、車通りも少ない。景色もいい。楽しくていい道だ。くるしゅうないぞ」

「なんで殿様？」

狭く細い山道を、ひらりひらりとクロスカブを傾けていきます。

排気量が小さければ、その分車重も軽いわけで、大型バイクにはない軽快な動き。ハンドルを握る木乃は満足げに、自分の――、借りたバイクに話しかけます。

「ふむ、お主、できるのう」

「なんでサムライ？」

小さいバイクの楽しさを、木乃は満喫しましたとさ。


山を下りた木乃が到着したのが、静岡県の最東部に位置する〝小山町〟。

今回は通りませんが、この小山町のすぐ南に位置するのが、〝御殿場市〟です。

富士山と箱根の中間に位置する場所です。

東名高速道路の御殿場インターがあったり、そのそばに有名なアウトレットモールがあったりするので、知名度はそれなりにある市だと思われます。名前の由来は、徳川家康の御殿がこの場所に造られたからとか（諸説あり）。

小山町は、御殿場市の北側。はいここ、テストに出ます。

木乃は、走れない東名高速道路や、トラックがいっぱいで走りたくない国道２４６号を跨ぐと、今度は県道１４７号線へと入ります。

向かうは西。目指せ富士山。

さっき下ったので、今度は登ります。

笑えるほど傾斜のキツい坂道を、木乃はクロスカブのギアを落としてグイグイと駆け上っていきました。

さっきの足柄峠もそうでしたが、標高が上がるにつれてジワリジワリと気温が低くなっていきます。バイクに乗っていると、ずっと風を受けているので、気温の変化に敏感になれます。

「木乃、中に一枚着る？」

エルメスナビが訊ねましたが、

「余裕じゃ」

寒さに強い木乃は、そのまま進みました。

急坂を登っている途中、木々が切れて見晴らしがいいところでは、進行方向左側の麓に、サーキット場が見えました。

「ちょっと止まって、左手をご覧ください。あれが〝富士スピードウェイ〟だよ。木乃」

エルメスのガイドが炸裂しました。

ガードレールに沿わしてクロスカブを止めて、木乃がその様子を眺めます。

視界の先で、幅広の舗装道路がぐるりと回っています。

「なんとなく、名前くらいは知ってる。グルグルできるんだよね」

「そりゃあ、サーキットだからね。サーキットの語源は〝サークル〟だから」

「ならばバイク乗りとしては、一度くらいあそこで豪快に――」

「走ってみたい？」

「流しそうめん大会をしてみたい」

さらに坂道を進むことしばし、

「おお、富士山が近い！」

どーん、というサウンドエフェクトが似合うほど、木乃のゴーグル越しの視界の中に、立派に富士山がそびえていました。

バランス良く裾を広げた優雅なスタイル。頂上にはほんの少しだけ雪化粧。昨日の雨が、頂上付近では雪だったんでしょうね。

ここは、山梨県に入って間もなくの場所。

さっきまで走っていた道が、山梨県道730号へとそのまま繋がるのですが（正確には、一度神奈川県に入ってから山梨県に入るのですややこしい）、そこにある〝三国峠〟を越えた先に見えてくるのが、山中湖と富士山です。

木乃が、見晴らしのいい場所でクロスカブを止めました。

「下に見える、尾びれを元気よく立てたクジラみたいな形をしている湖が山中湖ね。知ってる？　木乃」

「むろん知ってる。謎の巨大生物、〝ヤマナカッシー〟がいるって噂の」

「そうそれ」

エルメス、ちゃんとツッコんで。そんな噂はないから。

「山中湖は、〝富士五湖〟と呼ばれる、富士山の周囲にある、選ばれし五つの勇者的な湖の一つだよ。五湖の中で最大で、そして最高地にある」

エルメスが、真面目な説明モードに入りました。

この道は、山中湖へ向かって下るだけ。周囲は枯れたススキ野原。おかげで遮るものがなく、湖と富士山の、素晴らしい景色が堪能できます。

「いやー、絶景だねえ！　目が良くなりそうな場所だねえ！　あの頂上に雪を被った山、まるで富士山みたい！」

木乃が声を上げて、

「富士山だからね」

エルメスはボケ殺し。そして、

「このへんから見える富士山は超お勧めだって地図に書いてあったから、通ってみた」

「やるじゃないエルメス！　で、ここは何が美味いの？」

花より団子ですね。

それでも木乃はしばしば足を止めて、山中湖と富士山が魅せる景色を、しばらく眺めていました。

峠なので空気は凛と冷えていますが、風が弱いのでそれほど寒くは感じません（注・寒さに強い、そしてさっきまでバイクで走っていた木乃の個人的な感想です）。

「うーん。快適」

個人的な感想です。

走り出して山中湖へと下った木乃は、湖を一周する道を、湖面を左手に見ながら進みました。湖面越しにどんとそびえる富士山が、実に見事です。絵になります。インスタ映えです。

「うん、いい道だ。いい景色だ」

「よそ見運転注意だよ、木乃」

「なあに、ぶつかりそうになったらエルメスが警告を発して、それでも危なかったら自動ブレーキをかけてくれる。先進の運転支援システム。やっちゃえ、エルメス」

「無理言わないでねー」

木乃は一度、湖畔の駐車場でクロスカブを止めて富士山を眺めて、それから再び出発。安全運転で進みました。やっぱり左手に富士山を常に見ながら、つまりは反時計回りぐるりルート。

スワンボートがたくさん浮いている湖面脇を通っているとき、

「木乃、次の交差点を右。そして、山中湖から離れて、しばらく国道138号線を走るよ。で、〝富士吉田市〟へ出る」

エルメスナビから言われました。

「了解。で、その……、〝ナントカ市〟には、どんな食べ物があるというんだね？」

「強力なコシで、麺がガッツリ硬いことで有名な、名物郷土料理〝吉田のうどん〟がある。トッピングが甘辛く煮付けた馬肉と茹でキャベツなのが面白い。〝すりだね〟って名前の唐辛子ベースの薬味も特徴だよ」

「富士吉田市。木乃、覚えた！　もう忘れない！」

「大小たくさんお店があって、どこも特色があるけど、どうしよう？」

「え？　時間が許す限り全部回る」

「言うと思った。店、近い順にリストアップしておいたよ」

「パーフェクトだエルメス！」

こうして木乃は、

「うめー！」

これから二時間以上にわたって、

「このコシぃいいいいいいい！」

クロスカブで富士吉田市を縦横無尽に走り回り、

「ゴボウ！　いいね！」

ひたすら連続で吉田のうどんを食いまくりますが、

「馬肉ウマーっ！　馬だけに！」

これは訓練された木乃だからできる、コンボ行為です。

「たまんねーっ！」

読者の皆さんは、軽い気持ちで真似をしてはいけません。

お腹の調子を見つつ、無理のない範囲で、うどん屋さんのハシゴをしましょう。


「食ったー！」

二十人前のうどんを二時間で食べれば、それは木乃も満足するというものです。

外見上の変化はまったくありませんが、止めておいたクロスカブに戻って跨がったとき、サスペンションがさっきよりずっと沈み込んだ気がします。謎は全て解けた。

鍵を捻ってハンドルのロックを外し、そしてオンの位置へ。右手親指の位置にあるセルスターターでエンジンをかけて、さあツーリング再開です。

木乃は国道１３８号線を、大型店舗で賑わう富士吉田市の町中を、再び走り出しました。

右側に大きな遊園地が見えています。〝富士急ハイランド〟ですね。空に突き出しているジェットコースターからの、楽しそうな悲鳴が聞こえてきます。

この辺りで左に曲がると、富士山の五合目まで自家用車で行ける、山梨県側の有料道路、〝富士スバルライン〟の入口があります。登ると景色が綺麗ですが、今日はそんな余裕がないので、残念ですがスルー。

木乃はここで、

「わたしだけでなく、コイツにもエネルギーを入れてくかー」

クロスカブのガソリンを補給することにしました。

燃費がいいのが、スーパーカブシリーズの美点です。

スピードメーターの下についている燃料計によると、まだ半分以上の余裕はありますが、入れられるときに入れておくのが鉄則。ちなみに燃料タンクは、シートの下です。

木乃は、見つけたセルフのガソリンスタンドに入りました。機械の脇にクロスカブを止めて、迷うことなく機械をテキパキと操って、サクッと給油を開始しました。

「あれ？　木乃、やったことがあるの？」

「うん。北海道では、おばあちゃんの車で何度もやったよ。特に冬。寒い中、おばあちゃんを外に出したくなくてね」

「なあんだ」

懇切丁寧にセルフ給油の仕方をレクチャーしようと思っていたエルメス、ちょっと残念そう。

　さて、満タンまで給油を終えてお金を払って、木乃は再び走り出しました。

　この時点でもう十四時です。集合のタイムリミットは十六時ですので、

「間に合う？」

　ルーティングを全てお任せの木乃が、エルメスに訊ねました。

　運転手は自分のくせに、思いっきり投げっぱなしの任せっぱなしです。目的地まで残りがどれくらいの距離か、たぶん知りませんよこの人は。

「全然余裕。ここからならノンビリ行っても三十分くらいかな。この先に大きなスーパーがあるけど、何か買ってく？」

「そうだなあ。食材は昨日連絡しておいたけど、好みのおやつが欲しいかもね。積める量は限られているけどさ。足の間に載せて縛ればいいかな？」

「じゃあ、次の信号を右、そしてすぐに左で駐車場」

　木乃は言われた通り、やたらに駐車場が広い、スーパーやスポーツ用品店やホームセンターやラーメン屋が並ぶショッピングモールに入りました。

　大きなスーパーの入口近くの駐輪場にクロスカブをとめて、ヘルメットをホルダー（注・バイクについている、ヘルメットの紐の金属環を引っかけておける簡易ロックのこと。空は飛ば

ない）に装着し終えたときでした。

「木乃せんぱーい！」

聞こえてきたのは、よく通る可愛い声。ライブブルーレイで聞いたことのある声。

「おや？」

木乃が顔を上げると、見慣れた車であるホンダ・オデッセイが、今まさに目の前に駐車されたところでした。そこから降りてくるのは、もちろん沙羅。

今日の彼女は、バッチリ私服です。

綿製の長ズボンにスニーカー、シャツの上に暖かそうなフリースジャケットを羽織っています。

頭には、ストライプ柄の毛糸の帽子という、ちょっと可愛いアウトドアスタイル。

「沙羅ちゃーん！　こんなところで偶然だねぇ！　ひょっとしてひょっとして、今日はひょっとして――」

「はい」

「キャンプに行くんじゃなーい？」

「なっ、なんで分かったんですかあっ！」

コテコテのボケにつきあってくれる沙羅、優しい。超優しい。

オデッセイからは、

「こんにちは！　いい天気ですね！」

続いてエリアスも降りてきました。

こちらも沙羅と似たような格好、というかほとんど同じですね。組み合わせている色が違うだけです。おいおいペアルックかよ。

たぶん、二人で揃って買いに行ったんでしょうねえ。ヒューヒュー、デートかよ。

「ほいよー、エリアス君。今日も金髪が太陽に輝いてるねえ」

そして最後に、オデッセイの運転手が降りてきました。

「あら奇遇ね木乃さん。ひょっとして――」

「はい先生、キャンプです」

木乃の七必殺技の一つ、ボケ殺しが炸裂しました。

今日の茶子先生、さすがにスーツ姿でもジャージ姿でもなく、かなり山ガールです。

黒い厚手のストッキングに膝上までのスカート、足元は高そうなショートブーツ。チェック柄のシャツに、ダウンベストという出で立ち。

やはり標高が高い場所に来ていますので、三人とも、地元横浜での真冬のような格好でした。

実際、この時点でかなり寒いです。横浜と比べれば摂氏で五度は低く、真冬の気温です。出発時の格好で平然としている木乃が、とても鈍いのですよ。

「あんだって？」

凄いのですよ。

「ならよし。――先生達も、今到着ですか？」

木乃が訊ねると、茶子先生がニヤリと笑いました。絵に描いたようなニヤリでした。ニヤリの見本になりそうなニヤリでした。

「ふふふ……。横浜からずっと、木乃さんの跡をコッソリつけていたのだけど、気付かなかった？」

「いや、それはないです」

木乃やエルメスが、追跡者の存在に気付かないわけがない。

「ふっ、やるわね……。実は昨日からここに泊まっていて――」

「それもないです」

「バレたか。実は私達は立体映像で、本当はキャンプ場からネット回線を使って――」

話が進まないのを心配して、エリアスが教えてくれます。

「僕達、朝の六時に出発したんですけれど、高速道路がとても空いていて、十一時前にはキャンプ場に着いていたんです。チェックインとか場所取りとかを済ませて、富士山にドライブに来たんです」

「なるほどー。出発、ずいぶん早かったんだね」

木乃の素直な感想が炸裂しました。六時は、どう考えても早すぎでは？

「いやー、どうせドキドキで朝早く起きちゃうって分かっていたからさっ！」

遠足に臨む小学生みたいな理由ですね。言ったのは茶子先生です。

沙羅が、言葉を弾ませながら続けます。

「キャンプ場、とってもとっても広くて感動しました！　目の前に富士山もドーンです！　チェックインして、場所も決めて、テントを置いて、まだまだ時間があったんで、富士山の五合目まで車でグイグイ登ってきたんです！　すっごく景色が綺麗でした！　湖と、紅葉した麓と、上に綺麗に雪を被った遠くの山が見えました！　双眼鏡でも見ました！　楽しかったです！」

なるほど。富士スバルラインをドライブしてきたんですね。

今日なんて、近くの富士五湖のみならず、遠くの南アルプスや八ヶ岳もよく見えたことでしょう。

茶子先生、なかなか粋な計らいです。まさかこれをしたくて朝早く出発——、は多分ないですね結果論。

「そっかー。よかったねー」

「はい！　この木乃先輩のバイク、赤くて可愛いですね！」

「ありがとー。レンタルなんだけどね」

「ここまでずっと一人で走ってきたんですよね？　凄いですね！」

「まあねー」

ちゃんとナビをしてくれたエルメスのおかげもありますが。

いや、エルメスがいなければ、今頃は道に迷って反対方向に突っ走って、茨城県の大洗であんこう鍋でも食べていた可能性が高いですが。

「私達は、道中の富士宮市ってところで、〝富士宮やきそば〟を食べました！　普通のとちょっと違っていて、とーっても美味しかったです！　木乃先輩は、途中で何か食べましたか？」

ほう、富士宮やきそばか。帰りに寄るか。

木乃は思いながら答えます。

「そうねー、うどんとか、うどんとか、うどんとか、うどんとか、うどんとか、うどんとか、あと、うどんを食べたかなー」

嘘は言ってない。

というかむしろ控えめに言っている。今の木乃、体はうどんでできている。

「すごいっ！　うどん好きなんですね！」

「うん」

というか、木乃に嫌いな食べ物はない。

茶子先生が、

「さてー、買い物しましょう！　木乃さんも、何かおやつでも手に入れるつもりだったんでしょうから、一緒に買いましょうか！　もちろん払いは部費から」

「先生！　一生付いていきます！　あ、嘘です数日くらい」


　こうして四人は、大きなスーパーでカートをゴロゴロしました。

　車に積めるのなら、どんだけ大量に買っても問題ありませんね。お金も出さなくていいのなら、なおさらです。こうなった木乃に、慈悲とか容赦とか遠慮とか常識とかいう言葉はない。

「食材は用意したから、それぞれが好きな、いっちばん食べたいおやつをねー！」

　茶子先生、そう言いながら、かの有名な〝カロリーメイト〟をバシバシとカートに載せたカゴに放り込んでいきます。

　え？　カロリーメイトが一番食べたいおやつなのでしょうか。茶子先生の謎。

「木乃先輩……。本当は、おやつもたくさんあったのに……、これまでの道中で、僕が全部食べてしまったんです……」

　小さい体をもっと小さくしてそう言ったのはエリアス。なるほど彼なら有り得る。

「はっはっは！　細かいことを気にするなよ、少年！」

　木乃が、懐の大きいところを見せました。

「木乃先輩……」

「こうして買い直せるからいいじゃないか！　買い直せてなければ……、お主の命……、今頃どうなっていたか分からぬが……」

全然大きくなかった。

店の人が呆れるほどのお菓子を買い込んだあとは、

「オッケー！　レッツゴー！　私についてきなさい！」

「茶子先生、バイクと車を止めたのは向こうです」

車一台とバイク一台で、キャンプ場へと向かいます。

オデッセイを先頭に、国道139号線を西にしばらく進んで——、〝ひばりが丘〟の交差点を左折。県道71号線へ。

この道は、かの有名な〝青木ヶ原樹海〟を貫く森の中のルート。

青木ヶ原樹海とは、富士山の噴火で流れ出た溶岩の大地に、千二百年の時をかけて緑が生い茂った〝若い森〟です。大自然の営みの中では、千二百年など一瞬なのです。

この道を走っていると、見えるのは樹海だけ。

右も樹海、左も樹海。どっちを向いても樹海。昼間は緑のトンネルでとても綺麗ですが、夜は真っ暗でかなり怖いです。鹿も飛び出してくるし。

安全速度で走るオデッセイの後ろを、木乃は適度な車間距離を保ちつつ、クロスカブでついていきました。

道の上だけ青い空が見えて、それがカーブでうねっていきます。気持ちがいい道です。ある程度進んで樹海を抜けると、また左手にドーンと富士山が見えてきました。西側からの富士山は、足柄峠や三国峠で見た、つまり東側からの富士山と、かなりシェイプが違います。山頂より富士山を抉る巨大な谷——、〝大沢崩れ〟のせいです。最大幅五百メートル、深さ百五十メートルにもなる谷は、巨大な山に巨大な爪痕を残しています。目の前で見たらさぞかしダイナミックでしょう。

二台はしばらく景色のいい道を進んでから右に曲がり、朝霧高原の牧草地帯を抜けていきます。

時間は十五時ちょっと前。

「城壁が——、じゃなくてキャンプ場が遠くにかすかに見えてきた。間もなく到着だよ、木乃」

「ほいほい。わたしの長い旅も、終わりを迎えるときが来たか……」

「帰りも残ってるけどね」

百数十キロメートルに渡る原付二種の移動は、

「ま、ちょっとした運動にはなったかな」

木乃にはへっちゃらでした。

若いっていいな。

第三章「すぐやる部、家を建てる」
—Build!—

「ほほう、なかなかに広いではないか」

　目的地の、三日間の滞在をする国——、じゃなくて『ぱらぱらキャンプ場』の敷地内に入って、木乃の素直な感想が炸裂しました。謎の上から目線でした。

「広いねえ」

　エルメスも、似たような第一印象。

　そこは、とにかくワイドで広大なキャンプ場でした。

　木がほとんどない草原が、五百メートルほどの奥行きで、ほんのわずかに下りながら続いています。幅も、四百メートルはあるでしょうか。都会で生活していると、これだけ広い空間を目にすることは、なかなかに少ないでしょう。

「こんなに広いってのは、いいことだ」

「テントをどこにでも張れるね、木乃」

見たところ、他のお客さんは数組といったところ。豆粒に見えるほど遠くに、テントの花が咲いています。

超有名キャンプ場なので、大型連休中やお盆休みは激混みと聞いていますが、晩秋の平日、万々歳です。

木乃が、遠くを見ながら言います。

「それもあるけど、この距離があれば、遠慮なく狙撃の練習ができるかなあって。ほら、向こうの木にフライパンを吊ってさ。エルメス、着弾監視してくれる？」

「うん、遠慮しろ」

エルメス、もっと言ってやって。

このキャンプ場、一番西側に入口と受付があって、場内を少し進むと、巨大な丸太が大量に置いてあります。林業を営んでいる会社が、キャンプ場も経営しているからです。

なかなか近くで見る機会がない丸太置き場を横目に進むと、そこから東側に向けて敷地が広がっています。

だから、ほぼどこにいようとも、富士山が目の前にドーン。開放感がすごいです。開放感しかありません。

テントサイトは、基本的に草地です。

とはいえ十一月も下旬なので、ほとんど枯れていて土が見えていますね。

昨日の雨で若干湿っていますが、こちらは横浜市ほど激しく降らなかったようです。これなら、普通の靴でも平気でしょう。

場内は、かすかにある木々のすぐ近くを除いて、車両の乗り入れが可能になっています。

つまりクルマやバイクの脇にテントを張れるということで、これは大変に便利です。

大抵のキャンプは、荷物が多くなります。

車で泊まることを前提に造られた（その分料金も高くなる）オートキャンプ場はさておき、駐車場とテントサイトが離れている施設では、荷物を担いで何往復もする重労働を強いられることも。カートがあると、こういうとき便利なんですけどね。

場内には砂利を敷き詰めた車道があって、さらに枝道が幾つか走っています。道に沿って、トイレや水場が、あちこちに点在しています。

広い草原の中央付近には、木造の大きな建物が見えます。

かなり大きいです。学校の体育館ほどはあるでしょうか。中央部がスコンと抜けているのが特徴。これは新築されたトイレと炊事場だとか。実に立派です。

オデッセイとクロスカブのホンダコンビ、合計六輪が、灰色の道を、場内最徐行のルールに則って、ゆったりガタゴトと進みます。

さっき、茶子先生達はチェックインも済ませて、テントなどは置いてきていると言っていました。

すると、どこかにテントは張ってあって、そこに行くのかと思いきや――、

「あれ？」

オデッセイが止まったのは、場内の道を少し入った場所。広々としたキャンプ場の、周りに他のお客がいない、とある地点。

そこに、テントは張ってありません。

そこに、テントは置いてありました。

ブルーシートが敷かれて、その上にナイロン袋に入ったまま、まるで燃えないゴミを投棄したかのように。

テントの他にも、テーブルやイスをはじめとする、数々のキャンプ道具が、手つかずで置いてあります。無造作に。

オデッセイの脇にクロスカブを止めた木乃が、ヘルメットを取りながら茶子先生に答えます。

「あれれ？　テント、まだ、張ってなかったんですね？」

キャンプ地に着いたらまずテントを張るのだとばかり思っていた木乃が、訊ねました。

茶子先生が、

「まあねー！　でも、それにはちゃんとした理由があるのよ！」

「おや、どんな？」

木乃がその理由をなんとなく知りたくて訊ねると、

「張り方がまーったく分からなくて！　説明書はまとめておいたけど、全部玄関に置いてきたー！　ググればいいんだけど、テントがどんな名前か分っからない！」

茶子先生は、爽やかな笑顔で答えました。

この先生、本当に、喋らなければ素敵な美人なんですけどね。

「なるほど、これはわたしの出番というワケか……」

木乃はいろいろ諦めました。

エアバッグジャケットを脱ぐと、黄色い防水バッグの口を開けて、中から上着を取り出しました。

〝M65フィールドジャケット〟という、米軍が一昔前に使っていた綿製ジャケットです。ファッション業界でもすっかり定番になって、しょっちゅうモチーフに使われていますね。グリーンが有名ですが、木乃のM65の色は黒。

そしてヘルメットの代わりに、木乃は帽子を被ります。取り出したのは、鍔と耳を覆う垂れがついた帽子です。

木乃は黒いジャケットと、黒くて鍔と耳に垂れのついている帽子が妙に似合いますね。なんででしょう？　謎ですね。

「さーて、ちゃっちゃとやっちゃうか」

木乃が茶子先生のテントの袋の口を開けようとしたとき、

「あの……、なんか凄い車がこっちに来ますよ。——あっ、あれは静先輩です！」

エリアスの言葉に、全員が砂利の道を見ました。

車が来る？　まだ良く分かりませんね。だいぶ遠いようですね。

そしてしばらく待ってから、草原に出てきて視界に飛び込んできたのは、一台のバギー。

緑色の金属パイプでボディを造って、その横に飛び出すように、四隅に大きなタイヤを付けた、砂漠とか荒れ地とかをカッ飛ばせそうな車です。

全長が四メートルに満たない、とてもコンパクトな車体です。幅だけは大きめ。

丸目二灯のヘッドライトが可愛いです。暗闇を走るためか、ルーフの位置に大きな追加ライトも四つ並んでいました。

右ハンドルで、運転席と助手席の二人乗りです。フロントガラスはありますが、ドアも屋根もありません。雨が降ったら、乗っている人はずぶ濡れです。

前後に湘南ナンバーを付けた、つまり公道走行可能なこのバギー。イギリスは〝アリエル社〟の〝ノマド〟という名前の車です。大変にレアな車両です。

その運転席に収まっているのは、確かに静でした。

かなり近づいてきて、ようやく静だと分かりました。とんでもなく遠くから一瞬で判別したエリアス、どんだけ視力がいいんでしょうかね。おっとそういえば彼は——、『学園キノ④巻』を読んで。

静は、もちろん白い学ラン姿ではなく、肩と肘に当て布がついた緑色のセーターを着ていて、足元はジーンズという私服でした。ハンサム顔の目の位置には、少し色の付いたゴーグル。そして今、白いハトが横切る。

乗っているのは静だけです。ノマドの助手席では、大きな緑色の軍用ダッフルバッグが一つ、シートベルトで固定されていました。

オデッセイの隣にノマドを綺麗に並べて降りた静は、ダッフルバッグの脇に置いてあった日本刀を手に取ると、腰に差しました。

ジーンズのベルトに、刀を差せる革製のパーツがあるようです。それから、下緒と呼ばれる鞘に付いた紐を鞘と左腰の間に回して、下から前へと持ってきて、ベルトでスッと留めました。

それは、刀をこよなく愛する男が今まで何度となく繰り返してきた、とても自然でよどみのない、そして銃刀法違反かもしれない所作でした。

「こんにちは皆さん。遅れてすみません」

待ち合わせ時間内ではありますが、静は人当たりのいいヤツなのでそんな事をナチュラルに言いました。

「はい無事到着お疲れさん。何コレ凄い車ねえ。免許取ったんだ」

ブルーシートの上に腰を下ろしている茶子先生が言って、

「ええ。つい先月のことです」

静が頷きました。

確かに、こいつは高校三年生ですから、取ろうと思えば取れますね。もっと年上疑惑もありますが！

よく見ると、ノマドの車体には初心者マーク、通称若葉マーク、正式には〝初心運転者標識〟が前後に付いていますね。

熱烈な車マニア向けの車であるノマドに若葉マークは違和感がありますが、免許取得一年以内は付けないと反則金です。ちなみにこの標識を付けた車に対して乱暴な運転をした場合、〝初心運転者等保護義務違反〟になります。

「静君のクルマ？」

「いいえ。自分ではまだ四輪を所有していないので、家にあったのを借りてくることにしたのですが、どれも大きくて困りました。結局、一番小さなこれを使うことに」

「へー！　さっすがお金持ち！」

茶子先生が言って、静がほんの少しだけ、ばつが悪そうな顔をしました。

茶子先生はできる大人の女なので、生徒のかすかな変化に瞬時に気付きます。

「おおっといけない！　静君のご実家が〝超〟が四つ付くほどの大金持ちで、父親がその筋では有名なワンマン経営者だから〝ザ・キング〟の愛称で知られていることとか、ご実家のやたら広いガレージにはフェラーリやブガッティやマクラーレンやロールスロイスといった高級外車がわんさか置いてあるなんてことはとってもプライベートなことだったわね！　大丈夫！絶対に誰にも——、そう、例え部員のみんなにも言わないからっ！」

全部言ってますがな。

木乃をはじめとした部員達、何も聞かなかった聞こえなかった。

「…………」

ビミョーな表情で黙り込んだ静です。強く生きろ。

あと、そのうち父親を殺そうとしちゃいかんよ？

「すると、残りは犬山先輩だけですね」

沙羅がさらりと話題を逸らすことに成功しました。ナイスです。気配りのできる女。成長しても茶子先生のようにはならないに違いない。

その茶子先生ですが、

「ま、そのうち来るでしょ？　それより静君、木乃さんを手伝ってくれるかしら？　テントを張るのを」

部活の顧問である事を放棄していました。

「はい。木乃さんのテントですか？」

いいえ、先生達のとエリアスのです。あまりに堂々と先生が言うので、静すら間違えました。

「おっと！　――失敬。了解です」

こうして木乃と静は、今夜と明日の住処を作り始めます。


テントの設営と撤収――、つまり張る（あるいは建てる）、そして畳む、袋にしまう、という行為は、キャンプの中でも一番重要でしょう。

これができないと、そもそもキャンプが成立しなくなります（バンガローやロッジ、既に張ってあるテントなどを借りることもできますがそれは例外として）。

とはいえ、このテント設営と撤収、慣れていない人には、それなりに大変でもあります。

最初のうちは勝手が分からずに難しいので、確かに、ガチ初心者の茶子先生と沙羅にはキツいかもしれません。

もし、これから一人でキャンプをしようという人は――、家の庭や近所の公園などで、晴れていて風が弱い、つまり条件が一番いい日に、テント張りの練習を最低でも一度はしておきましょう。

練習なしで出かけて現地で焦ると、本当に大変ですよ。得てしてそういうときって、天候が悪かったり、日暮れで暗かったりしますから。

似たような〝一度は練習をやっておくと、条件が悪い必要な時に、慌てなくて済む〟行動としては、自動車のスノーチェーン張りがあります。

それはさておき、

「よっし、始めますか」

「了解だ」

木乃と静が、置いてあった袋を開いて中身を取り出します。

まずは一番大きな袋の中から、茶子先生と沙羅用に買ったテントがうにゅうにゅと出てきました。

それを一目見た木乃が、ぽつりと言うのです。

「先生、このテント――、超簡単ですよ」

僅か三分後、

「できた！　私にもできた！」

喜びの声を上げているのは沙羅です。

目の前には、どんとそびえるテントがありました。横幅三メートルほど。高さは一・三メートルほどの、ドーム型テントです。

黒いドームテント生地の周りを、白くて丸いパイプのようなものが取り囲んでいました。多角形のパイプ構造が立体的に立ち上がり、中のテント生地を吊り下げている形です。まるで、宇宙探索の基地のような出で立ちです。

「簡単でしたね」

木乃が言って、

「とても簡単だ」

静が言って、

「楽しかったです！」

テントを張った沙羅が言いました。

何を隠そうこのテント、ドームの外側の白いパイプのようなものが、フレームなのです。頑丈な生地でできたパイプの中には、空気が入っています。

さっき木乃が、静が、そして最後は沙羅がグイグイと押したのは、太くて大きな空気入れ。ビーチで使う浮き輪のように、あるいはビニールプールのように、空気入れを接続してポンプを何度かやるだけで、空気の力で自然に立ち上がって張ることができる——、これはそんな、超々簡単なテントなのでした。

「べ、別に私にだってできたんだからねっ！　沙羅ちゃんに、譲ってあげたんだからねっ！」

沙羅に活躍の場を奪われた茶子先生、超悔しそう。めっちゃ悔しそう。

「わーい！　中も広い！」

沙羅が、ジッパーを開けて円形の入口から中を覗きました。

内部は、茶子先生との二人なら十分過ぎる広さです。そのまま靴を脱いで入りたい気持ちを、沙羅はグッと堪えました。

「次は、僕のをお願いします。できる限り自分でやります！　教えてください」

さっきまで沙羅の活躍を己のスマホで撮影していたエリアスが、四十センチくらいの袋を持ってきました。

「うむ、殊勝な心がけだ」

茶子先生、アンタが言うな。

静が言います。

「それはもちろん喜んで。でも、その前に決めなければならない、重要なことがあるね」

んだな。

そう言いたげに、木乃も頷きました。

沙羅とエリアスは首を傾げます。キャンプで重要な、それこそテントを張る前に重要な事とはなんでしょうか。

「それはね——」

茶子先生が、ドヤりました（注・ドヤ顔をしました）。

「テントの神に祈りを捧げることよ！」

「違います」

木乃が容赦なく答えました。どんな神じゃ。

いや、八百万のゴッズ・アンド・ゴッデセズの住まうこの国ジャパンのこと、いてもおかしくない。神社とかあるに違いない。鳥居はペグでできていて、本殿はテントで。

静は、答えを木乃に譲ります。

「どこにテントを置いて、どこを調理などのスペースに使うか、どこで焚き火をするかなど、レイアウトを決めることです。これを最初にすべきです」

ほうほう、と感心した一年生コンビと、

「それを言いたかったのよー！」

んなわけない茶子先生です。

エリアスはまたメモ帳を取り出して書き書き。真面目ですねこの子は。

静が、周囲を見渡しながら言います。

「今回はとても広いエリアを使える。だから、自由に配置を考えてみよう」

テントサイトは、どこにでも早い者勝ちで設置していい〝フリーサイト〟と、割り振られた場所が決まっている〝区画サイト〟があります。つまりは分譲地みたいに。

後者では、どうしてもレイアウトの自由度は少なくなります。

隣に別のキャンパーさんがいたら、その人が張っているテントのすぐ脇に自分のテントは気まずいとか、火の粉が飛ぶので焚き火などは置けないとか、いろいろな制約が。基本的には早い者勝ちですが、お隣さんとは話し合って譲り合いましょう。

今回はフリーサイトで、しかもとっても広いので、もう全てが自由。つまりフリーダム。なにせ、現状では、周囲百メートル以内には他のテントが一つもありませんからね。広いは正義ですよ。正義は広いのです。

「じゃあ……、どんなレイアウトがいいんでしょうか？　そして、どんな理由で決めていけばいいんでしょうか？」

おっと、真面目な沙羅がいい質問をしました。

教師役の静が答えます。

「レイアウトを決めるときに、注意する点が二つある。一つは、快適で安全なテントの位置だね。水はけが悪い、急斜面、岩がゴツゴツしている、崖の下、川や海に近すぎる——、それらの場所は避けたいよね」

「はい」「はい」

キャンプ場が必ずしも、平らで水はけのいい場所ばかりとは限りません。酷い場所だと、かすかに広い範囲で窪んでいて、大雨で巨大な水溜まりになることも。

小さな二人の生徒へと、授業は続きます。

「とはいえ今回は、地面はほぼ平らで、大きな石も転がってない。水はけも良さそうで、とてもいいコンディションだ。一つ目の注意点はクリアだ。それならば、テントの一番大きな開口部である出入り口、そこから何が見えるか、何を見たいかで選ぶのがいいね」

静は、静かにそびえる富士山を指さしました。

「このキャンプ場だったら、テントの中から富士山が見えるのは気持ちがいいよね」

二人が頷きました。ここまで来て、豪快に見える富士山に背を向ける理由などナッシングです。

「じゃあ、出入り口を揃って東に向けよう。今回はみんなでキャンプだ。テントの数が多いから、そこも考えなくてはいけないね。決してくっつけすぎる必要はないが、離れすぎるのも寂しい。前のテントの屋根しか見えないような配置も、できるだけ避けよう」

ふむふむ。エリアスはメモを取っていきます。

「そしてもう一つの注意点が――」

注意点が？　二人が視線で相槌を打ちました。

「みんなで集うリビングやダイニング、キッチンの配置だ。焚き火を囲んでノンビリするスペース、テーブルでご飯を食べるスペース、調理をするスペース、荷物を置くスペースなどだ。過ごしやすいだけでなく、動くルート、つまり動線も考えて使いやすくする」

「なるほどです！　まるで家を建てるときみたいですね！」

沙羅が言って、静もにっこり。

「そうだね。キャンプでのレイアウトは、毎回毎回、その土地に〝理想の家〟を建てるような楽しさがあるね」

「はい！　ワクワクします！」

家なんて建てたことがない沙羅、ドキドキの大興奮です。

「さて、どんなレイアウトにするかだが——、木乃さん、アイデアはあるかい？」

「はい。いいアイデアが一つあります」

木乃が即答しました。

「ほう、どんな？」

「今回は先輩にお任せするという名案です。よろしくお願いします！」

木乃、さっさと責任放棄。ビシッと笑顔で言い切ると、クロスカブから、自分の荷物を下ろし始めました。

小声でエルメスが、

「協力しないの？　こういうの好きそうだけど」

そして木乃が返します。

「好きだけど、わたしが考えると、どうしても、〝全周囲の警戒ができるか〟とか、〝敵から発見されにくいように〟とか、〝射線と脱出経路の確保〟とか考えちゃうから駄目」

「あ、納得」

さてレイアウトですが、

「では、任された」

今回は、静が決めることにしました。正直、時間がないですから。

十五時半も過ぎて、太陽はそうとう低くなりました。そろそろ日暮れも始まります。

この地は西側にかなり高い山が、屏風のように聳えているので、暮れ始めたら一気呵成ですし。

本当を言うと、この時間には全てを配置し終えてないと駄目なくらいです。〝キャンプでは、日暮れ前に全て準備を終えておく〟、が合い言葉。早め早めにいきましょう。

「茶子先生、お車の鍵をお借りしてもいいでしょうか？」

「入ってるー」

まず二台の車と一台のバイクは、すぐに砂利の道に出られる場所に並べました。

車で来た場合のフリーサイトの注意点ですが――、車両の前後には、絶対にテントを設置しないようにしましょう。

理由は簡単。車を移動させるときに間違って急発進しても、テントを轢いて潰さないためです。

そんなアホなと思うかもしれませんが、人間はミスをしでかす生き物。可能な限り注意はしましょう。

今回みたいに広さに余裕がある場合、荷物を全部下ろした後の車は、少し離した方がいいのです。また積むときに少し動かせばいいだけですし。

オデッセイを動かし終えた静が、戻ってきて言います。

「では、テントは――、今夜の寝室はこの辺りにしよう」

今回は道と車から一番離れた場所に、富士山に出入り口を向けて、テントを横並びに設置することにしました。

その脇がリビングとダイニングのスペースで、その向こう、一番水道に近い場所にキッチンスペース。

「木乃さん、タープを手伝ってくれるかい？」

「はいな」

静と木乃は、茶子先生が持ってきたタープを張ることにしました。

タープとは要するに、布製の屋根です。雨や、強い日差しを防ぎます。なくてもキャンプはできますが、あると大変に楽ができます。

今回はこの下にテーブルやイスを置いて、メインのダイニングにしましょう。

沙羅とエリアスが見ている前で、静と木乃は協力プレイを始めます。

まず、縦横五メートルはある六角形の布を、張りたい場所に広げて置きます。タープにはいろいろな形がありますが、これは六角形なので、ヘキサタープと呼ばれます。

さて、この六角形が屋根になるのですが、真っ平らな場所にどうやって、布を張ればいいのでしょう？

沙羅とエリアスが、脳内に〝？〟を浮かべながら見ていると、木乃と静の二人が模範解答を見せてくれます。

木乃が、連結した長いポール（三メートルくらい）をタープの端の鳩目——、周囲が金属でぐるっと補強された（だから鳩の目のように見える）穴に刺しました。

そして、ポールをぐいっと持ち上げました。その上端にはロープが二本、付いています。

静はそのロープを、上から見たら四十五度の角度で左右に開きながら地面へと下ろして、そこで〝ペグ〟と呼ばれる杭を打ち込んで固定しました（この行為を、〝ペグダウン〟といいます)。

垂直ではなく、少しタープ側に傾いたポールと、九十度に開かれたロープ二本が三角錐を空中に描いて力を掛け合えば、もう手を離しても大丈夫。

タープの反対側も、同じようにポールとロープで固定して、これで両角が空中で固定されました。残りの四隅は、横に広げながら引っ張って、ロープだけでペグダウン。

ロープには長さを変えられる金具が付いているので、バランスを取りながら張りを調整すれば――、馬の鞍のように綺麗なカーブを描く六角形の屋根が、空中にできあがりました。

「おおー！」

「できた！」

ぱちぱちぱちぱち。

手際の良い先輩二人の早業に、見ていた沙羅とエリアスから、拍手が沸きました。

「ふっ……、私が教えることは、もう何もないようね」

ブルーシートの上でひっくり返っていた茶子先生が言いました。確かに何もないです。

なぜなら、茶子先生が教えられるキャンプ知識が、そもそも何もないからです。

「張ったロープに足を引っかけてしまうことがよくある。注意して欲しい」

最後に静がそんな注意喚起。

ロープすっころびは、キャンプあるあるネタです。

皆さん注意してください。特に夜。あと酔っ払い。


「さて、エリアス君のテントを張ろうか」

「はい、お願いします！」

茶子（ちゃこ）先生がエリアス用にと借りたテントは、〝二人用〟と書いてある小型のものでした。

設置場所は、茶子（ちゃこ）先生のテントの隣にすることにしました。

「では、一度中身を出してみよう」

「了解です」

エリアスが、草地の上に出して並べました。ナイロン製の布とか、折りたたまれたポールなどです。

一目見て、

「なるほど。これも張るのは簡単だよ。それこそ、月明かりでできるくらい」

静（しず）が言いました。商品名は言いませんでしたが、分かる人にはもう分かるはず。

「まず、グラウンドシートを敷こう。これはテントの下に敷くシートで、なくてもいいが、あった方が、テント本体の汚れが少なくてすむんだ」

「これですね」

エリアスは一番小さくて軽いシートを広げて、テントを配置したい場所に置きました。縦で二メートル強、横幅が一・五メートルほどの布です。

「この上にテントが立つのだけど、まずはいったん横になってみよう。傾斜はきつくないかい？　下は激しくゴツゴツしていないかい？　多少の凹凸は、マットで解消できるから気にしないでいいよ」

エリアスは敷いたシートの上にごろん。ごろごろ。

「大丈夫です！」

そして笑顔で起き上がってきました。

「よし。ちなみに、傾斜がある場合は、頭を上にしないといけない。その場合は、テントの形状によっては、どうしても頭の位置が、そして出入り口の向きが決まってしまう。これは仕方がない」

「なるほど」

メモメモ。細長いテントで、横向きで寝るわけにはいきませんもんね。

「次だ。骨組みとなるポールを組み立てるんだ。ポールの中央がゴムロープで繋（つな）がっているから、バラバラにならないはずだよ」

エリアスが、折りたたまれて束になっていたポールを広げて、サクサクと差し込んで組み立てていきます。

するど、五本のポールが、白いプラスチックのジョイントで組み合わされました。差し込むところを間違えようのない、よくできたシステムです。

「じゃあ、ポールをシートの四隅にある銀色の棒に差し込もう」

静が言いました。

グラウンドシートの四隅にある、八センチほどの長さの棒に、ポールの端を差し込み終わると――、

なんということでしょう。

さっきまで何もなかった空間に、銀色の骨組みが浮かび上がったではありませんか。匠の技です。空間の魔術師です。

「次はテント本体だ。吊るしていこう」

エリアス、一番大きな布袋を広げました。これがテント本体です。中で人が過ごすわけですから、筒状の造りをしています。

エリアスは、前後左右だけは静に教えてもらって、ゴムやフックを使って、自立しているポールにぶら下げていきました。

「吊れました！」

この段階で、もう中に入れるテントになりました。

ちなみにこういった〝テントだけで立つ〟タイプを〝自立式〟と呼びます。まあ、読んで字

のごとく、そのままですね。

対義語は――〝親のすねかじり式テント〟、ではなく、〝非自立式〟。

三角形の筒状の物体ができあがって、静が、

「もう少しで完成だ。その上に屋根をつけよう。フライシートだ」

フライシート、あるいは省略されてフライは、一枚の大きな布です。

エリアスは言われた通り、ポールの骨組みの上にフライをバサバサと引っかけて、引っ張ったり引っ張りすぎたりして、場所を調整しました。

フックなどを使って、テントに固定していきました。横に伸びているロープは、静の指示に従ってペグダウン。

「ロープの固定、終わりました。次は？」

「完成だよ」

「え？　もう？」

作ったエリアスが一番驚いていました。教えてもらいながらでも、五分くらいしかかかっていません。

しかし、彼の目の前にあるテントは確かに立派にテントしていて、これ以上はもうテントする必要はない気がします。

「うわあ……」

人生初のテント設営を終えたエリアスが、笑顔で訊ねます。

「中、入っていいですか？」

「もちろん。君が作った君の〝家〟だよ」

「わはっ！」

エリアスは三角形のドアをファスナーで開いて、さらに蚊帳になっているネットも開いて、靴を放り脱いで中に。

長方形の室内は、ダブルベッドほどの広さ。ただ、側面には内側に向けての傾斜があるので、上に行くほどグッと狭くなりますね。立ち上がるのは無理です。

エリアスは寝っ転がって、少しだけゴロゴロして、仰向けのままで、

「中は暖かいんですね！」

そんな感想。

「そうだね。風を防いで、空気が閉じ込められるからね。もし暑くなったら、少しドアを開けて換気すればいい」

「広さも、僕一人なら十分すぎます！　ここで寝るのが楽しみです！」

「良かった。最後に一つ豆知識を。これはカタログ上は〝二人用〟のテントだけど、実際には大人二人ではキツいことが多い。テントの人数表記は、〝その人数がどうにか収まる。快適に使うにはマイナス一名〟と考えたほうがいい」

「分かりました！」

そこへ現れたのは、さっきからエリアスの奮闘をスマートフォンでバシバシと撮っていた沙羅です。

「こんこんこん！　これはノック！　——エリアス！　入っていい？」

「いいよー！」

そう言って、入れ替わりでテントから出ようとしたエリアスの脇を、スルリと沙羅は通り抜けて、

「え？」

「入った！」

狭いテントに二人がイン。

「えへへ。お邪魔します」

「……あはは」

そして並んでごろりと横になれば、かつてない密着度。

もうここは、二人の愛の巣。イエス……、ラブ・ネスト。

「おい静……、オマエ、邪魔だから、ちょっくら遠慮してくれないか？」

そう、テントが語りかけています。

「ごゆるりと……」

静はそっと、めくられていたフライシートを閉じました。

「静先輩のテントはどんなですか？」

「僕も、張るところを見てみたいです」

さすがに中学生カップル、そのまま朝まで出てこない、なんてことはありませんでした。

沙羅とエリアスは、バギーからダッフルバッグを取り出した静へと駆け寄ります。

「いいよ。これだ」

静が取り出したのは、エリアスのよりさらに小さな袋でした。太さで十五センチ。長さで三十センチと、かなりコンパクト。それ以外に、もう少し長く細い袋も。

「袋が小さいですね。これでテントなんですか？」

「そう。見ていてごらん」

静は、袋を開けて中身を取り出しました。

小さい袋からは鮮やかな黄色の、袋状のテント本体。長く細い袋からは、折りたたまれたポールが二本。ペグが数本。それが全て。

静は繋げて伸ばしたポールを、広げたテントの端から、とても小さな袋状になっているところに差し込んでいきました。

なんということでしょう。

二本のポールをクロスさせて押し込むようにして持ち上げ、手前の穴にはめて固定するだけで、テントが丸く立ち上がりました。匠の（以下略）。

こういった組み立て方式の自立式テントを、スリーブ式と呼びます。

静は、風で飛ばされないように隅をペグダウンして、

「はい、完成」

「本当に、あっという間ですね……。これはどんなテントなんですか？」

エリアスが質問。

「登山などに使われる、とにかく軽く小さくすることを目的に設計されたテントだよ。フライがないから、シングルウォールと呼ばれているタイプだ」

ちなみにエリアスのテントなどは、二枚なのでダブルウォール。はいここ、テストに出ます。

「ただし、ご覧の通り小さいし狭い」

エリアスのよりさらに小さい、シングルベッドほどのサイズです。完全に一人用ですね。

「ちょこんとしていて、黄色いのも、かわいいです」

沙羅がそんな感想。

「黄色い目立つ色なのは、遭難したときに見つけてもらいやすいためだ。外側はもちろん防水生地なんだけど、フライがないから出入り口を開けると雨が入るし、内側の結露もしやすい。

軽量コンパクトを追求して、多少の不便は割り切って使うためのものだね。あと、お値段もかなりする。エリアス君のテントの、ざっと倍くらいかな」

「なるほどなるほど……。用途に応じて、いろいろなテントがあるんですねえ……。実際に見ることができて、とても勉強になります」

「エリアスは、いつか自分でキャンプに行きたい？」

沙羅が何気なく訊ねて、エリアスは素直に答えます。

「そうだね、やってみたいね。すぐは無理でも……、いつかは」

「じゃあ、そのときは私も一緒に行くね！　だから、少し大きなテントを買ってね！」

沙羅が何気なく言って、

「…………」

エリアス、素直に両耳が真っ赤です。

沙羅に深い狙いがあるのか、からかい上手なだけなのか、それとも天然なのか――、

それは静にだって分からない。

沙羅と茶子先生のは、最新かつユニークな、エアフレーム式ドームテントでした。

エリアスのは、オーソドックスな吊り下げ式ダブルウォールテント。

静のは、軽量コンパクトなスリーブ式シングルウォールテント。

ここまで全てタイプが違うと、木乃の使うテントがどうなるか、沙羅とエリアスには気になります。

いろいろと強く逞しい木乃先輩のこと、愛用のテントはなんでしょう？　絶対に参考になるに違いありません。

二人は仲良く、

「木乃先輩！　どんなテントなんですか？」

やや離れた場所で作業をしていた木乃の元へと足を運びました。

そして、見ました。

木乃が乗ってきた、赤い小さいバイクと、その上にかぶせられている迷彩柄の大きなシートを。

シートの片方の端がバイクのフレームやキャリアに結わかれて、車体を覆うように、ハンドルやシートの上を通って、反対側はペグダウン。

そして、その下の実に狭い直角三角形の空間で、木乃が試しに寝ているのです。ブーツが見えています。

「は？」

「は？」

そりゃあ二人ともポカンとしますよ。

なんですかこれ。テントですらありませんよ。風は前後の穴や、バイクの下を吹き抜けです。

例えば猛烈にアレですが、大都市に住まうホームレスだって、もっとしっかり段ボールでマイホームを作ります。

「ん?」

木乃が、下からもぞもぞと出てきました。エリアスが訊ねます。

「木乃先輩、ここで寝るんですか……?」

「うん」

即答。

「でもこれ、テントじゃないですよね……?」

「うん、そうだね。でも、気温だって寒すぎもしないし、虫もいないから、これで十分だよ。雨は降らないって予報だから屋根も要らないけど、まあ一応ね」

どうやら、野営に対する基本的な考え方が違うようです。

エリアスは驚きつつ、さらに質問。

「すると、土の上で寝るんですか……?」

「ん? いや、さすがに今回は楽をさせてもらうよ。おばあちゃん、見てないし」

もし見ていたら、問答無用で土の上なのか……。

エリアスは心の中でツッコミました。

木乃はしゃがむと、さっきまで自分が上に寝ていたものを、ズルズルと引っ張り出しました。

それは、一人分ほどの長方形の布の左右に棒を通して、下に高さ数センチの台を付けたもの。〝担架に短い足がある〟という表現が一番近いでしょうか。

「それは〝コット〟だね。簡単な寝台のことを言う」

二人の後ろから、静が言いました。

木乃が頷いて、

「これなら、土の上で寝るよりずっと快適。濡れなくて済むし、冷たい地面に体温を奪われずに済むし」

コットには利点がたくさんありますが、下が濡れていても外で寝られるというのは、その一つでしょう。

もちろんデメリットもあります。

当然なのですが、それなりにかさばりますし、重くなります。最近のは、そして木乃が使っている製品は、分解するとかなり軽量でコンパクトですが、そうなるとお値段が高くなります。

「だとしても……、テントの中じゃないですから、ずっと外と同じ気温ですよね。寒くないですか？」

エリアスが当然の疑問。

さっき体験して分かった通り、テントは閉じられた部屋ですので暖かいです。風からも守られます。

今でこそお日様の光があって、なおかつ動いているのでそれほど寒くはありませんが、これから夜、そして明け方になるとどうなるのでしょう。

エリアスの心配を汲んで、

「まあ、そこは寝袋が分厚いからね。たぶん大丈夫でしょ。もっと寒いところで寝たこともあるし」

木乃はサラリ。北海道の冬に野営訓練をしたことがある木乃には、プラス気温など余裕なのです。

まだバッグの中ですが、寝袋もかなり分厚いヤツを持ってきています。バッグの中身を半分以上占めるほどに。

「それに、どうしても夜に寒くて眠れなかったら――」

「眠れなかったら？」

「朝まで体を動かしながら起きていて、日が昇ってから昼寝をすればいい」

「はあ……」

「木乃先輩、逞しいです……」

エリアスと沙羅が、呆れているのか感動しているのかよく分からない顔をしました。たぶん前者でしょう。

うん、木乃先輩は、あんまり参考にならなかった。というか、全然ならなかった。

なお、これらのワイルドな野営方法は、あのおばあちゃんの元で厳しく訓練された木乃だからできるのです。簡単に真似をしようとしてはいけません。

いやマジで。

この話の真似をして、冬キャンでテントなしの野営をして凍死とか報われない。

寝室の設営が終わったので、木乃達はリビングとダイニングを作りはじめました。

今度はテントと違い、物を配置していくだけなので、それほど難しくありません。

「炊事道具は、そこにお願いするよ」

「じゃあ、テーブルとイスはここに」

静や木乃が的確な指示を飛ばし、

「はい！」

「了解ですっ！」

後輩達が楽しそうにテキパキと働き、

「うむ」

茶子（ちゃこ）先生がブルーシートの上で胡座（あぐら）に座り、腕を組んで見守りました。いや手伝えよ。

「先生どいてください」

「おっと」

タープの下がダイニングですので、高さのある折りたたみテーブルとイスを配置しました。

ちょっと狭いですが、長方形のテーブルです。両端も含めれば六人がしっかりと屋根の下に座れますね。

「では、次はキッチンを作ろう。木乃（きの）さん、そちらの大きな袋を」

「ガッテンです」

ダイニングから少し離れた位置に、立ったまま作業できる調理用の背の高いテーブルを組み立てて設置しました。アウトドアブランドの、アウトドア用の商品です。その上に、まな板やナイフやハサミ、フライパンや鍋などの調理道具も並べます。

このキッチンテーブルには、テーブルの脇に、ガスボンベ式のバーナー（コンロ）を置くフレームが付いています。

それもバッチリ用意されています。フレームの上に、同じ会社のバーナーを置きました。色は赤。工具箱のような金属の蓋を開くと、そこに二口バーナーと五徳（ごとく）があります。

プロパンガスボンベを二つぶら下げたバーナーが、フレームの中に綺麗（きれい）に収まりました。作業用のテーブルとバーナーが、ほとんど同じ高さで一体化したわけで、キッチン作業が大変に楽になります。同じ会社で道具を揃えるメリットですね。

「さて、火は付くかなっと」

点火も簡単。つまみを捻ってガスを出して、着火ボタンを押してカチンとな。

二つのバーナーでボワッと火が付いて、木乃の瞳に炎が揺らめきました。

「はいオッケー」

木乃はすぐに消しました。ガスがもったいない。

「では、水タンクをここに置こう」

静が、折りたたみ式の台を広げながら言いました。

このキャンプ場の水道は、あちこちに点在しています。流し台だけが、ぽつんと草原に存在する様はなかなか面白い光景です。

おかげでテントからさほど遠くないのですが、それでもいちいち、水を取りに行くのは面倒ですよね。手を洗いたいとか、ほんのちょっとだけ必要な場合などなおさらです。

なので、二十リットルは入る蛇口付きのタンクを満水にして、キッチン脇の台に置いておきました。これは重いので、静がやりました。

タンクを設置した静が、

「では、焚火台を置こう。その茶色の袋だ」

「僕達がやります！」

「やりまーす！」

このキャンプ場は直火（注・地面の上でそのまま焚き火すること）が禁止です。

直火禁止のキャンプ場はかなり多く――、いいえ、この時代、できる場所の方が珍しいかもしれません。そしてそういうところでは、焚き火台を使わなければなりません。

茶子先生の準備に抜かりはなく、ちゃんと用意されていました。

焚火台は熱に耐えうる金属製で、今はペッタンコで収納してありますが、パカッと開くと四角錐をひっくり返したような台になります。正方形の口の一辺は四十五センチほど。

沙羅とエリアスで、折りたたみ式の焚き火台を、静が指示して設置しました。結構重いので、そして可動部に手を挟まないように、慎重に。

どこに設置するかですが、火の粉の危険を避けるため、タープとは離します（下で火を燃やせる難燃素材のタープもありますよ。雨の日に便利）。

また、焚き火台がリビングやテントの風上にならないような配慮も必要ですし、強風の時は、焚き火をやらない勇気も必要でしょう（そうなると寒くなるので、装備は要注意です）。

ブリキのバケツに水を汲んで、焚き火台のすぐ脇に置いておくのも忘れてはいけません。ただ、これも夜に踏んづけて足をびしょびしょにしやすいので要注意。

薪は先ほど、茶子先生達がキャンプ場受付で買ってありました。それをドンと、焚き火台の脇にピラミッド積みにしました。

さらには着火剤として、そのへんから針葉樹の枯葉を多めに拾って集めました。これは木乃がお願いすると、沙羅とエリアスが、これでもかっ！　ってくらい持ってきてくれました。

大きめのトングである火バサミや、熱やトゲから手を守る革手袋なども、焚き火台の脇に置いておきましょうか。

普通の軍手でもいいですが、分厚い革製の手袋は耐熱性能が違いますので、便利ですよ。

「こっちかな……。いや、こっち！」

沙羅がアイテムの置き方に拘ると、オシャレな空間ができあがりました。とてもインスタ映えします。エリアス、スマホでパシャリ。

焚き火台の周りには、低めのキャンプイスを設置しました。

これは、テントの骨組みのようなパイプフレームに布を引っかけるとイスになる、とてもコンパクトにしまえるもの。お尻が沈み込むように座れるので、リラックスできます。最近の流行りです。

こちらも、茶子先生が用意してくれたので、ちゃんと人数分あります。車だと、装備がたくさん持ってこられていいですね。

人数分のイスを、四人でテキパキと組み立てました。折りたたまれていたフレームを広げると、あとはナイロン製の布を差し込むだけ。

「先生、こちらをどうぞ」

「ふが？」

静は気が利く男なので、キャンプイスの一つを茶子先生に提供し、毛布に包まって寝っ転がっているブルーシートの上から退いてもらいました。

上から物も人もどいたブルーシートは、畳んでオデッセイの中にしまいました。

カレンダーによると、この日は新月です。

夜は当然真っ暗になるので、リビングには灯りが必要です。まあ、例え満月であっても灯りは欲しいですが。

そのためにあるのが、ランタン。

木乃達はタープのポールの先に、ハンガーみたいな金具を取り付けて、ＬＥＤライトのランタンをぶら下げました。点灯テストもしました。

リビングのテーブルの上と、キッチンにも、それぞれ一つずつ配置しました。

ガスや油のランタン、あるいはロウソクなどの方が明るかったり、火の雰囲気が良かったりするのですが——、ここは初心者向けに、簡単なＬＥＤライトを使いましょう。

これなら、テントの中に持ち込むこともできますし。

こうして、すぐやる部がこれから二晩を快適に過ごすための準備が、全て終わりました。

時間は、十六時を迎えようというところ。みんなの協力で、どうにか空が暗くなる前に完了しました。

素晴らしいキャンプレイアウトを見ながら、

「うむ、よくやった！」

一番働いていなかった茶子先生が、満足げに言いました。

「教えることは、もう何もない！」

『教えられることは、最初から何もない！』の間違いです。本日二度目。

「できたー！」

「私達の家！」

エリアスと沙羅も嬉しそう。

静が、

「みんなお疲れ様。一息つこうか。紅茶をどうぞ」

いつの間に準備したのか、オシャレなホーロー製のマグカップに、紅茶を人数分入れてくれました。

背の高い大きなヤカンが、バーナーの上にあります。

静はヤカンに水をつぎ足して、再び火をつけました。そう、彼は知っているのです。冬のキャンプでは、お湯はいくらあっても困ることはないと。沸かせるときに沸かしておくのがいいと。

さて、完成したばかりのダイニングに、折りたたみイスに座って、みんなでティータイムです。寒い世界で紅茶の立てる湯気が、皆の顔を優しく包みます。

「いい匂いですね。それに美味しいですね。なんていうお茶ですか？」

木乃が訊ねました。既に飲んでいました。

「普通のアールグレイだよ。家から茶葉を持ってきた」

こ、これが普通だと？　なんてこった。流石リッチ家庭だぜ……。

木乃は思いましたが言いません。その代わりおかわりを所望。

ちなみに、マグカップは同じサイズで同じ形ですが、色と模様が全て違います。

多人数キャンプでは、カップを間違えないために、あえて同色にしないのがプチテクニック。

明日から真似してみてください。

ノンビリしたティータイムの最中、

「皆さん見てくださいっ！　富士山が赤いですっ！」

沙羅が綺麗な声を上げました。

さっきからずっとずっと当たり前のように見えていたので皆が注目しなくなっていた富士山が、いつの間にか赤く染まっていました。西日が照らす斜面が、赤銅色に輝いているのです。

「〝赤富士〟だね。綺麗だね」

静が言って、

「赤富士(あかふじ)！　名前は知っていましたけど、初めて見ました！」

沙羅(さら)は大喜び。

「きれいだなー」

エリアスはそう言ってパシャリ。アングルを変えてまたパシャリ。

「うん、これよこれ。みんなに見せたくてさ、富士山(ふじさん)には、お茶のタイミングで赤くなるように言っておいたのよね」

茶子(ちゃこ)先生、凄(すご)い力を持っていますね。

「飛行機雲！」

沙羅(さら)が再び、楽しそうに言いました。

富士山(ふじさん)より高い場所から、澄んだ北側の空の中に、真っ白な飛行機雲がスーッと延びてきます。一本かと思ったら、数秒遅れの時間差で、平行して二本。

「おーい！　おーい！」

沙羅(さら)が大きく両手を振りました。

飛行機に乗っている人から、果たして見えているでしょうか？　見えているといいな。ほら飛行機のお客さん。ここに、国民的美少女歌手、〝アネッテ・原見(はらみ)（歌唱担当）〟がいますよー。

「綺麗(きれい)ですねえ」

沙羅(さら)が、

「うん」

エリアスが、

「素晴らしいね」

静が、

「なあにこれくらい。いやそんなに褒めないでよ」

茶子先生が、つまりはすぐやる部の面々が、赤富士と飛行機雲に心を奪われているとき、

「それより、食材はどこですか？　先生」

木乃は、木乃だけは、大自然や科学の産物ではなく茶子先生を見ていました。心は食べ物。どんな時もブレない。それが木乃です。

「そういえば……」

静も、さすがに違和感を覚えました。

全員の食事、それも三日分を作るために用意を頼んだ食材は、かなりの量のはずです。でも、見たところ、配置が終わったダイニングにもキッチンにも、クーラーボックスのようなものは置いてありません。

キャンプ道具を全部出したオデッセイの車内に残るのは、さっき買ったおやつの入った大きな袋だけ。

「ま、ま、ま、ま、ま、ま、まさか……」

木乃が、己の脳裏を駆け巡った恐ろしい考えに、泡を吹いて気絶するかと思いました。

それは、〝茶子先生が食材の全てを忘れた〟という恐ろしすぎる可能性です。でも、この先生なら有り得ます。かなり有り得ます。

木乃の脳内で、シミュレーションが炸裂しました。

さっき通ったキャンプ場受付では、カップラーメンが幾つも売っていましたので、まずそれを手早く押さえる。幾つ？　全部だ。

そしてそれを食べている間に、粗忽な茶子先生に車を出してもらい、最寄りのコンビニへと迅速に旅立ってもらう。その店にある弁当を買ってもらう。幾つ？　全部だ。

明日のことはどうする？　今はそんな未来は分からない。今夜だ。今夜の空腹から生き残ることだけを、まずはそれだけを考えるんだ。

「これこれ木乃さん。何をそんな怖い顔で見てるの？　大丈夫、食材はもうすぐ来るわよ」

「もうすぐ……、来る？」

アレでしょうか？　スーパーのデリバリーサービス的な。

あるいは茶子先生の知り合いが、これらのキャンプ道具を貸してくれた人が直接持ってきてくれるとか。トラックで。数台で。

「すると、どなたかが、車で？」

静が訊ねると、

「いいえ。それだと遅いから、空から。まるで、天使からのプレゼントのように」

茶子先生の答えを聞いて、

「はいぃ？」

木乃が素っ頓狂な声を上げました。

コイツはダメだ……。早くなんとかしないと……。しかし運転はしてもらおう……。

木乃が心の奥底で思った、まさにその瞬間でした。

ごー、とエンジン音が響くと同時に、大型の飛行機が一機、迫ってきていました。北東から南西へと、背後にそびえる山を掠めるかのように。

突然の轟音に沙羅達が首を傾げる中で、

「むっ、C―2輸送機」

木乃が機体を識別しました。

ジェットエンジンが二ついた、ずんぐりとした機体。翼は、胴体の高い位置に付いています。

胴体長が四十メートルほど。翼幅がそれより少し広いくらい。

くすんだ灰色の迷彩カラーで、胴体脇には日の丸があります。これぞ、航空自衛隊の新型国産輸送機、C―2。

輸送機は、キャンプ場の上空三百メートルほどでしょうか、この手のサイズの飛行機としては相当に低い高度を飛んできました。よく見ると、胴体後方のドアが、顎を落とすように開いていますよ。

そして、その後ろに突然咲いた、パラシュートの花。

大きな丸いパラシュートが四つ、重なって咲きました。紫陽花みたいです。

パラシュートの下にはロープが垂れ下がり、縦横三メートルはありそうな緑色のコンテナが一つぶら下がっています。今、輸送機が落っことしたものです。

最初は小さく見えたコンテナは、ふわりふわりと降ってきて、

「うえ？」

驚く木乃達の目の前へと迫り、

「ホラ来た」

すぐやる部のキャンプ地の僅か十メートル脇に、

ずしん。

少しだけ地面を揺らしながら着地しました。

ごー……。

エンジン音が小さくなっていき、挨拶でしょうか、翼を上下に振った輸送機が、左に舵を切

りながら、茜の空に去りました。

そのとき木乃は、

「た……、たからばこ、じゃ……」

コンテナを開けて中を見ていました。脳内に響くは、某RPGの宝箱ゲットのファンファーレ。

コンテナの中には、あるわあるわ。肉やら野菜やら米やら飲み物やらデザートやら。木乃が頼んだ物は、間違いなく全部ありました。

肉や乳製品などの要冷蔵品は、たっぷりの保冷剤と共にクーラーボックスに入っています。外の気温も低いですし、しばらくは余裕でしょう。

食材だけでなく、調理用の大きな鍋とかもありますね。

「とりあえず今日の夕飯と夜食と明日の朝食の分ね。足りなくなったら、発注してまた落としてもらうから」

サラリと言ってくれますが、自衛隊を顎で使える茶子先生、一体何者なんでしょうね。謎ですね。

「先生！」

木乃がコンテナから顔を出して、勢いよく振り向きました。感極まった少女の顔から、涙の粒が弾けました。夕暮れ空に煌めきました。

「わたし、先生に一生ついていきます！　明日まではっ！」

第四章「すぐやる部、メシを食う」
―Eat!―

「よし！　それでは料理を始めようか！」

静が、緑のセーターの前にエプロンを着けながら言いました。自前のマイエプロンです。ヒズエプロンです。

薄い黄色の布地に、いつも笑っているような顔をした可愛い白い犬の絵が描いてあって、その上に『ＳＡＭＯ　ＳＡＭＯ』と文字が。

デザインはさておき、日本刀用の穴がちゃんと用意されているエプロンって、どこに行けば売っているんですかね？

「木乃さん、〝キッチンが狭い〟から、まずは私からでいいかな？　食材も、私がお願いしたものがほとんどのようだ。今夜は全て任せて欲しい」

「オウ・イエース」

なぜ英語？

腰にぶら下がるエルメスが思いましたが、黙っていました。

木乃は、美味い物が食べられるのなら文句など言わぬ人です。

「日が隠れてだいぶ冷えてきた。木乃さんは、沙羅ちゃんとエリアス君と一緒に、焚き火を始めてもらえるだろうか？」

「がってんでえ」

なぜ江戸っ子？

エルメスが以下略。

「わあ、焚き火！」

「やります！」

たぶんやったことがない沙羅とエリアスは、純粋に大喜び。

そうですね、二人で火遊びはワクワクしますね。え？　そういうことじゃないですかそうですか。

ところで皆さん——、誰か忘れてはいませんかね？

もう、すでに十六時を過ぎていますよ？

「スミマセン遅れましたっ！」

あ、やっと来ました。

広いキャンプ場の端から全速力で、かなり息を切らして走ってきたのは、白髪の美少年でした。

もちろん犬山・ワンワン・陸太郎です。この作品に、白髪の美少年は一人しかいません。一人いれば十分です。

今日の彼はもちろん私服で、バッチリアウトドア準備完了、といった格好。

下半身は歩きやすそうなタイツに薄茶色のショートパンツ。上着はプルオーバーのパーカー。色は青と灰色のツートン。彼の白い髪によく似合っていますね。

荷物は、腰に巻いた小さなウェストバッグ一つです。え？　これだけ？

「あら犬山君。――うん、ギリギリセーフってことにしておこうか。でもねー、先生かなり心配してたんだぞっ？」

茶子先生、さっきまで何も言っていませんでしたよね？

「本当にスミマセン……。道中に……、本当にいろいろと……、予期せぬ出来事が、はあっ、ありまして……」

運動能力が高い犬山が、ここまで息を切らせているのはよほどのことでしょう。

先生も部員達も、あえてそれ以上は追及しませんでした。

たぶん、公共交通機関が遅れたとか、バス停から走ってきたのだろう、くらいに思っていました。

　もちろん、違います。

　誰も知りませんが、犬山の正体は、木乃がかつて寮の脇にある森で見た白い犬です。だから犬山、ここまで走ってきていました。犬の格好で、自分の脚で、服を入れたウェストバッグは首に巻いて。

　まるで現代に蘇った〝おかげ犬〟（注・江戸時代に主人の代わりに伊勢神宮代拝の旅をした犬のこと。周囲の人の温かい助けがあって可能だったとか。いい話や）。

　出発は今日の夜明け前。

　休憩を挟みつつ走って、この地には、昼には余裕で着いているはずだったのですが――、道中にとんでもないドラマに巻き込まれて、予定よりずっと遅くなったのです。

　このドラマについては、番外編の番外編として後日書くかもしれないと思いますので、ここでは流します。

「犬山先輩、お茶をどうぞ」

最高に気が利く沙羅が、新しいマグカップに、温めのお茶を注いで渡しました。

「ああ、ありがとう」

犬山は一気に飲み干すと、沙羅がすぐにおかわりを用意しました。

おっと二杯目は少し温かく、三杯目は熱く。殿、温めておきました。

「うっ」

犬山、残念ながら猫舌だった。

というか、人間以外の動物は基本的に熱い料理など食いませんので、揃って猫舌です。人間が普通じゃないのですよ。

「犬山君、しばらくはノンビリしていていいよ。食事は私が、焚き火は木乃さん達がやるから」

「ぐっ……」

犬山、静に情けをかけられるのが死ぬほど悔しくてたまりませんが、さすがに疲労困憊なのでここはどうしようもない。

タープの下のイスに深々と腰掛けると、

「むふふ」

後ろから茶子先生が頭に顎を乗せてきました。

「僕……、汗臭いですよ」

「ホントだー。雨の次の日の犬の臭いがするー」

犬山、いろいろな意味でドキッとしましたが、気取られないようにスルーしました。

西の山に、太陽が隠れていきました。

世界はまだ明るいですが、直射日光がなくなると、体感温度はグッと下がります。つまり一気に寒くなるわけで、

「さあて、焚き火するかー」

そんな中での焚き火なんて、そりゃあ楽しいに決まってる。

キャンプの楽しさの半分は、焚き火でできています（注・個人の感想です。万人に効果を保証するものではありません）。

「時間がないから今回はわたしがちゃっちゃと着火までやっちゃうけど――、あ、ギャグじゃないよ？　やり方だけ見ていてね。明日は、二人にやってもらおうかな」

木乃は沙羅とエリアスにそう言うと、

「はい」

「お願いします。見ています」

初心者二人は素直に従いました。

「おっとその前に、一つ、火を扱うに当たって、重要な注意事項を忘れていた」

「なんでしょうか、木乃先輩」

エリアスが質問して、木乃は二人が着ている、お揃いのフリースジャケットを指さしました。

「そういった化学繊維のウェアは、火の粉で穴が開きやすいし、最悪、ぼわっと一気に炎が表面を走るように燃える。焚き火に当たるときは、別の上着に着替えるか、上にもう一枚着て欲しい」

燃えると言われればビビるのがエリアス。

「りょ、了解です」

茶子先生のところにすっ飛んでいくと、

「こんなこともあろうかと！」

荷物の中から、綿だけでできた濃い茶色のパーカーを二着取り出しました。用意周到ですね。

二人が喜んで羽織ると、またもペアルック。今度は色も同じ。いいですね。微笑ましいですね。

「おっけー。それならパー壁。これから急に寒くなるから、ずっと羽織っているといいよ」

木乃は満足に頷きつつも、注意事項は忘れません。

「これも念のために言っておく。もし、万が一、着ている服にボワッと火が付いたら――」

付いたら？

ごくり。二人が生唾を飲み込みました。

「対処法は三ステップある。〝ストップ〟、〝ドロップ〟、アンド〝ロール〟」

突然木乃の口から出た横文字に、二人が怪訝そうな顔をしました。

これは命に関わることなので、木乃は大食いチャレンジの直前のような真剣な顔で続けます。おふざけはナシです。封印です。木乃はかつておばあちゃんに教わったことを、そのまま若い二人に伝えるのです。

「〝ストップ〟は、その場に止まれってこと。〝うぎゃあ火が付いた！〟って慌てて走っちゃ駄目。走ると、さらに酷いことになる。どうなると思う？　はい、エリアス君」

「え？　えっと……、疲れる？」

「ブブー。沙羅ちゃん？」

「えっと……、転ぶ！」

「ブブー。正解だけど、走ると風によって酸素が供給されて、どんどんと火が成長しちゃう。それに、他人が助けようにも助けにくくなるし、他の物へと火をつけて延焼させる恐れも高くなる。家の中だと特にね」

「なるほど……」

「なるほど……」

ゴクリ。状況を想像して、二人が唾を飲み込みました。

「もちろん怖いから走りたくなる気持ちは分かるよ？　分かるけど、自分が燃えている火っていうのは、自分と共にあるんだからね。どんなに走っても逃げ切れない。そして、もっと燃えるだけなのだよ。覚えておいてね」

「わ、分かりました！　絶対に走りません！」

沙羅がコクコクと頷いて、エリアスは頷きながらメモメモ。

「次が〝ドロップ〟。これはその場に〝倒れる〟ってこと。しゃがむんじゃないよ。完全に〝落ちる〟みたいに素早く寝っ転がるんだよ。理由の一つは、頭をできる限り低くして、炎が顔を炙るのを防ぐため。熱い空気を吸い込んだら、気道が火傷して膨らんで、火が消えた後に窒息死する可能性すらあるからね」

うげっ。

またも、とても生々しい想像をしてしまい、若い二人の真顔が四十パーセント増しになりました（当社比）。

木乃が続けます。自分の両手を顔に当てて、

「倒れるときは、両手で顔を覆う。理由はさっきと一緒、顔を炙らないようにするため」

思わず両手で顔を覆っちゃうのが、沙羅の可愛いところです。エリアスはメモメモ。ちなみにこのメモは、後で沙羅にも渡ります。

「ストップ、ドロップ――、そして最後が、〝ロール〟。寝っ転がった状態で、ゴロゴロする。ひたすらゴロゴロする」

ああ、普段の木乃(きの)のようにですね。

「茶化すなボケ！」

へぶっ！

「ゴロゴロすることで、酸素の供給が絶たれて火が消える。この際も顔は覆っていてね。ドロップしたもう一つの理由が、このロールをするため。だから、消えるまでゴロゴロする。精一杯ゴロゴロする。とことんゴロゴロする」

木乃(きの)が、指を三本立てました。

「とまあ、ストップ、ドロップ、アンド、ロール。この三段階を覚えておくと、生き残る確率がアップする。どれくらいかは言えないけどね。覚えておかないより、覚えておいた方がいい。ストップ、ドロップ、アンド、ロール。はい、リピートアフターミー」

沙羅(さら)とエリアスが、

「ストップ、ドロップ、アンド、ロール……」

何度も繰り返しました。

そしてその後ろで、さっきまですっかりリラックス状態だった茶子(ちゃこ)先生が、

「ストップ、ドロップ、アンド、ロール……。ストップ、ドロップ、アンド、ロール……」

軽く青ざめながらも、やっぱり何度も何度も呟(つぶや)いていました。

犬山(いぬやま)の頭に顎を載せたまま。

ちなみにこのテクニックは、〝自分に火が付いた〟場合、です。

例えばですが、建物の中で火事に巻き込まれた場合は、自分の体に火が付いていても、とにかくその現場からいち早く遠くへ逃げるのが、一番生き残る確率を上げる方法になるかもしれません。

とっさの判断は難しいかもしれませんが――、状況に応じてください。

頭の片隅に置いておくと、いつかあなたの命を救うかもしれません。

重要な注意事項を終えて、

「そんではいくよー！　レッツファイヤー！　俺の火にあたれえ！」

右手を突き上げた木乃の目の前には、一辺が四十五センチほどの四角い焚き火台と、さっき買ってきた太い薪の束があります。

木乃は、黄色い革製の手袋を両手にはめました。木乃の私物で、北海道から送ってもらったもの。革製のグローブは自分の手に馴染むまで時間がかかるのですが、馴染むと最高です。もう手放したくありません。手袋だけに。

続いて木乃は、腰のベルトに提げたシース（鞘）から、ナイフを取り出しました。

ナイフは、さっき腰に取り付けたものです。普段はもちろん、銃刀法及び軽犯罪法違反なので腰に提げてなんていませんよ。

え？　ポーチの中の銃はどうなのかって？　見なかったことにしてくれ。そう、それが優しさだ。

銃刀法や軽犯罪法では、意味のない刃物の携帯を固く禁じています。

しかし、キャンプにはナイフが必要道具なので、キャンプ場へ持っていくのは違法ではありません。意味のあることです。

でも、その場合は、鞄(かばん)の一番奥に厳重に密封して入れておきましょう。より完璧を期すのなら、鍵がかかるケースに入れておきましょう。

さて、木乃(きの)が取り出したのは、全長で二十四センチ。刃の長さが十一センチ。小さくもなければ巨大でもないナイフです。刃とグリップが一体化した、〝シースナイフ〟と呼ばれるタイプ。刃は結構厚めです。三ミリ以上はあるでしょうか。

刃を含めた金属部分が赤く塗られているのが、他にはあまりない珍しい特徴のナイフです。これは、自然の中で目立つためですね。グリップは木製。

決して安いものではないですが、猛烈に高い物でもありません。一万五千円くらいでしょうか。

刃物は、結局は消耗品だから、あまりに高級高額の物を手に入れると、もったいなくて使えなくなるという罠がありますます。お手頃なお値段、というのも性能の一つ。

しかし、あまりに安すぎるのも――、グリップが剝がれたり、ヒドいときはナイフが折れたり、信頼性という意味では不安があります。難しいところです。

さて木乃は、

「焚き火を上手くつけるにはね、下準備が一番重要。割合で言えば、下準備が八十五パーセントで、残りが二十五パーセントくらい」

そう言いました。

言いましたけど、簡単な算数を間違っていますよ。残りは三十二パーセントでしょ？（編集部注・ダメだこの作者）

「ちょっと離れた場所で見ててね」

木乃はそう言ってからしゃがむと、太い薪を一つ、地面に横に置いて土台にしました。その上に立てた太い薪の端に、横からナイフの刃を、その中間部分を食い込ませました。

それから、刃の背中を、別の薪でトントンと叩いて、グイグイと食い込ませていきます。ナイフの刃の幅以上を進んだらもう背中を叩けなくなるので、今度は先端部分を叩いて、さらに押し込んでいきます。これを、下まで続けます。

姿勢としては、ナイフは左手で保持して、右手で薪で叩いていくスタイル。理由はもちろん、横にした方が叩きやすい。

「細くしているんですか？　薪割りですか？」

沙羅が聞いて、木乃はトントントントン、作業を続けながら答えます。

「ご名答。太い木にいきなり火をつけるのは、いろいろと無理があるからね」

トントントン。

「キャンプ場で売っている薪は、どうしても太い。もちろん太い方が、ジワジワと長く燃えてくれるのでそこはいいんだけど――、着火が大変」

当然ですが、いきなり太い薪に火をつけるのは難しいです。

「だから、まずはとにかく、火つけ用の細い薪を作る」

トントントントン。パキン。

一本が終われば、また次。

こうして、木乃は太い薪を手早くナイフで割いて、太さの違う薪を幾本も作り上げました。

この作業、本当は鉈があれば楽ですが、その分、持っていく道具が大きく重くなります。木乃のようなサバイバリストやバイク乗りは、できれば重いものを持っていきたくありません。

なので、他の用途にも使える、この程度のサイズのナイフで代用してしまうのです。

これぞ、〝バトニング〟と呼ばれる、ナイフ薪割りのテクニック。上から棒（バトン）でトントン叩くのが名前の由来。

「でもねー」

木乃が、決して手元から目をそらさずに言います。ナイフを使うときに、よそ見は厳禁です。普段から、必ず人の顔を見て話す習慣がキッチリと付いている人は、重々気をつけてください。コミュニケーションとしては正しくても、作業中はNGな場合があります。

「バトニングするときは、ある程度の大きさがあって、そして頑丈なナイフじゃないと壊れるよ。コンパクトになる折りたたみ式のナイフとか、刃がとても薄い包丁とかでは、絶対にやっちゃダメだからね。〝フルタング〟って呼ばれる、グリップの端までナイフの金属が来ている、そして肉厚のナイフじゃないと。今使っているみたいなヤツね」

ふむふむフルタング。

エリアスメモメモ。

自分がナイフを買うなんて、たぶんずっと先のことでしょうけど、覚えておいて損はない。

「ちなみにだけど、木に〝節〟――、横に枝が出た後の硬い部分があって、それ以上はナイフが入っていかない場合は、無理に叩くとナイフが傷む。こうなったら素直に諦めて、別の薪を割った方がいいよ。今回は焚火台が大きいから、全部の薪を細くする必要はないからね。着火用だけでいい」

なるほどなるほど。

エリアスメモメモ。

二人が見ている前で、

「こんなもんでいいかな」

木乃はバトニングを終えました。

三人の目の前には、〝太い薪〞、〝中くらいの太さの薪〞、〝細い薪〞、〝とっても細い薪〞が数本ずつ積み上がりました。必要なアイテム、ゲットです。

使い終えたナイフを、木乃は汚れをサッと布で拭いてからシースに戻しました。動いたり走ったり逆立ちしたりしても落とさないように、ストラップをパチッと。

「火は、小さく始めて徐々に大きくしていくのが鉄則。〝あの銀行ヤバいんだってさ〞って大したことのない噂話が、預金を下ろそうと人が押し掛けるパニックになるように」

その例えはどうよ？　エルメスが思いましたが黙っていました。

木乃は焚火台に、さっき拾ってきてもらった枯葉を、遠慮なくドサッと載せました。どうせタダだし、ここはケチらずにいきましょう。

「枯葉がどうしてもない場合は、紙でもいいけど、燃えたあとで灰が舞うから注意ね。舞わなくてよく燃えて、どこでも手に入りやすいのがポテトチップスだけど、食べる方が好きだからわたしは滅多に使わない。キャンプ用の着火剤があれば、もちろんそれで。当然だけど楽ちんだよ。ただね、着火剤を大量に持ち歩くのは面倒」

木乃は言いながら、枯葉の上にとっても細い薪をたくさん、その上に細い薪を積み上げました。

特にキッチリと綺麗(きれい)に並べたわけでもなく、割と雑です。ただし、空気の通り道ができるように、隙間を適度に設けました。

「そして火種が欲しいぞっと。おおっと、そういやわたし、ライターもマッチも持ってきてなかったわ」

木乃(きの)、下準備大失敗。ここに来て肝心な物がない。

ポーチの中にある銃のどれかをぶっ放して着火とかも考えましたが、考え直しました。

「すると……、アレですか……、木を擦って摩擦で……」

エリアスが、真剣だけどどこか楽しそうな顔で言って、

「え？　そんな面倒なことはしない」

木乃(きの)は即答しました。

火打ち石を使う——、ナイフで擦って火花を散らして点火させる、という選択肢もあるのですが、正直めんどくさい。文明の利器が使えるのなら使いましょう。これは訓練ではなくキャンプですので、楽するのもＯＫ。

木乃(きの)は立ち上がると、ノンビリお茶を飲んでいる茶子(ちゃこ)先生のところに。

「そろそろ来ると思っていたわよ。——お主が欲しいのは、この金のライターか？　それとも銀のライターか？」

「普通のをください」

木乃(きの)は、プラスチック製のライターをゲットしました。

「ちぇ」

しょうがないから茶子(ちゃこ)先生、金色のライターをロボットに変形させて遊び始めました。変わるんだ。変わるんだ。

「さて、着火するかー」

木乃(きの)が手に入れたのは、コンロなどに使われている携帯ガスボンベから液体ガスの補充ができて、着火時に先端が伸ばせる、アウトドア用ライターです。

この、先端が伸縮可能——、着火場所と手を離せるくせに携帯性もいい、というのが大変に便利で、使っている人の多いライターです。

「着火だ！」

「着火だ！」

ワクワクしながら見守る二人の前で、木乃(きの)はライターの先端に生まれた炎で、枯葉を炙(あぶ)りました。

実に簡単に火が付きました。枯葉はジワリジワリと燃え広がって、やがてとても細い薪に、そして細い薪に燃え広がっていきます。

ある程度、炎の成長を待ってから、

「ほいっと」

木乃は中くらいの太さの薪を、火が具合良く当たる位置に組んで載せました。

「ほわあ」

沙羅が変な声を出して遠巻きに見守る先で、最初だけうっすらと白い煙を出しながら火は成長し、どんどん太い薪へと燃え広がっていくのです。

「調子よく燃えていたら、特に扇いだり、フーフーしたりしなくてもいいよ。下手にいじって消しちゃう方が怖い。どうしても風を送りたければ、とてもゆったり扇ぐか、それとも細い筒で吹くか」

パチパチと、小さく爆ぜる音が小気味よく聞こえます。小さな火の粉が、蛍のように空へと舞い上がってはフッと消えていきます。

「うん、調子いい。あとは、様子を見つつ太い薪を追加していけばいい。あんまり載せすぎると、火も大きくなりすぎて無駄になるから、そこだけ注意ね。ほいできあがり。お疲れさん」

木乃が完成宣言を出すと、二人がゆっくりと焚き火に近づいてきました。

安全な距離でしばらく、まるで生き物のように揺らめくオレンジの炎を眺めます。その燃える音を、時折爆ぜる音を聞きます。ちょっと手を差し出して、電磁波による輻射熱で暖かさを感じます。

「見ていると、なんか落ち着きますね。火って」

沙羅の言葉に、木乃は頷きました。

「まーねー。焼き芋とか作れるし」

「とっても暖かいですね」

エリアスの言葉に、木乃は頷きました。

「焼きリンゴもいいな」


十七時も過ぎて、空はだいぶ暗くなりました。

焚き火の炎と、ランタンの明かりが、いっそう輝き始めました。これからは俺達の時間だと、頼ってくれていいんだぜと、主張しているかのようです。

濃い色の空気の中に富士山が、大きなシルエットになってそびえていました。それも、じわじわと空に溶けていくように見えます。やがて、音もなく消えてしまうでしょう。

「さて、メシはどーなった？」

木乃がキッチンを見ると、静は奮闘していました。

一人でテキパキと動いているのが見えますが、さすがにまだ、夕食の完成には早いでしょうか。

ただ、さっきから良い匂いがプンプンしていますので、期待できそうです。あの男なら、なんでもできるに違いない。できなかったら許さぬ。そう、許さぬ。決して許さぬ。

とはいえ待つ以外やることないので、

「散歩、アーンド、トイレでも行くか」

ぽつりと呟いた木乃に、

「先輩、私も行きたいです！」

「僕も、いいですか？　場所がよく分かりません」

後輩二人が連れションを申し出ました。良いでしょう。旅は道連れ世は情け。ご一緒しましょう。

とはいえ、焚き火やランタンの明かりの外はもうかなり暗く、足元が心配です。

「先生ー！　二人の分のヘッドランプありますか？」

木乃が声をかけると、

「モチのロンよ。私のバッグの、手前のポッケの中。ついでに、使い方も教えておいてくれる？」

まだ犬山の頭に顎を乗せている茶子先生からそんな返事が。

「了解です。あと、焚き火番をお願いできますか？」

「オッケー！」

木乃は茶子先生のバッグに手を突っ込んで、二つのヘッドランプを取り出しました。とてもコンパクトなライトと電池部分が、幅三センチほどのゴムバンドについています。

ヘッドランプは、読んで字のごとく、頭に、または額に巻くタイプの懐中電灯です。

ヘッドライトとも呼ばれますが、車両のそれと紛らわしいのでヘッドランプ、と呼ぶことにします。

「はいな。ニューアイテムじゃ」

二人に渡しましたが、二人とも一度も使ったことがない道具です。説明が必要です。

「まず、頭に巻く。バンドは、長さを調整して。ゆるいと落ちるけど、キツいと頭痛が痛いよ」

こうですかね。二人がトライします。

沙羅はできました。毛糸の帽子の上に装着完了。あら可愛い。

エリアス君、君のはライトが背中側に向いていますよ。どこを照らすつもりですか？

「おっと」

修正してバッチリ。

木乃は、ポケットから出した自分のヘッドランプを、おばあちゃんから送られてきたものを頭に装着しました。

オレンジ色をした四角いボディが特徴で、こちらの方が、二人のより少し大きくてゴツいですね。

「ほい、じゃあいろいろせつめー。まず、基本的には頭に巻いて使う物だけど、帽子の形とか、巻いているとどうしても痛いとかで無理な場合は、首から提げても使えるよ。その場合、上下を逆にすると、角度調整が上手くいく。ただし、首に丈夫なバンドがかかっているわけだから、狭い場所で引っかけて首つりにならないように厳重注意」

枝葉が鬱蒼と茂る森の中や、出っ張りが多い洞窟などでは危ないですね。首に提げる使い方は、体の動きがあるときは推奨しません。ここ、とても重要ですよテストに出ますよ。

「さて、使用上の注意事項は二つ。〝お腹が空いても食べない〟ってことと、〝ライトの光を直接人の顔に向けない〟ってこと。喋るときはどうしても人の目を見ちゃうかもしれないけど、頭に付いている以上、光軸が視線と連動しちゃうからね。ピカーってやっちゃって仲間の目が眩んでしばらく何も見えなくなって、その間に敵の攻撃があったら大変なことになる」

「はい、分かりました」

「気をつけます！」

素直に頷く二人ですが、敵って誰だ？　さっきからオマエは、いったい何と戦っているんだ？

「ほんじゃ灯りを付けてみよう。安全な方を向いて、上にあるボタンを一度押す。付いたら角度を調整してお好みの位置に」

沙羅達が手探りで見つけたボタンを押すと、
ぴかー。

薄暗闇を切り裂くＬＥＤの白い光。足元までバッチリ照らしますね。靴が見えるようになりました。

「わあっ」

沙羅が声を上げました。首を動かすとそのまま光が動くのが、とても面白いです。

「どうだ、明るくなったろう」

木乃、突然の戦争成金。

沙羅が、自分の小さな両手を照らしながら、

「両手が使えるって、とてもいいですね」

「じゃろう？　普通の懐中電灯との明確な違いは、そこじゃよ」

木乃、成金継続中？

「あはは」

エリアスは楽しそうにキョロキョロして、あちこちに光のビームをビー。あっちにビー。こっちにビー。

「面白いです。かなり明るいんですね」

そうなんです。最近のＬＥＤランプは、一昔前の豆電球とは比べものにならないくらい明るいんです。

おまけに基本的に球切れはないし（機械的寿命はある）、消費電力も少ないし、何より小型コンパクトだし。技術の進歩万歳ですよ。

「じゃあ、もう一度ボタンを押してみて」

　言われた通りにした二人。電気が消えるのかと思いながら押すと、あにはからんや、ライトの明かりが減りました。先ほどよりずっと穏やかな光に。

「弱モードとでも言うかなー。調理中とかさ、手元の作業中には、それほどの灯り(あか)は必要ないから、光量を選べるようになっている。それに、こっちの方が当然、電池の保ちがずっといい」

　木乃(きの)が説明しました。なるほどなるほどと、二人は手を照らして頷(うなず)きます。

「もう一度ボタンを押してみて」

　さすがに今度は消えるでしょう。二人がポチッとすると、

「わっ！」

「あっ！」

　そうは問屋が卸しません。ライトは、赤い光で点灯しました。

　赤い光はとても弱く、足元すらほとんど照らせません。手を照らして、赤くなるのが分かる程度。

「赤くなりましたが、これ、なんのために……？」

　エリアスが聞きました。自分のヘッドランプも赤色モードにしている木乃(きの)が、二人の足元をほんわりと照らしながら答えます。

「これはね、暗順応――、つまり、〝暗い所に慣れた目〟を刺激しないため。直接照射されなくても、明るいライトは目にキツいんだよね。例えばだけど、夜中にテントで目が覚めて、オ

ヤツを探すときとか、この赤いモードを使うといいよ」

「なるほど！」×2

「それに、赤いライトの方が、周囲に光が散らないから、一緒に寝ている人を起こさなくてすむし、何より敵に発見されにくくなる」

「なるほど」×2

だから敵って？

「とまあ、移動のときとかに使う〝強〟と、作業用の〝弱〟、夜間用の〝赤〟。この三つが付いているヘッドランプがお勧め、ってことかな」

ちなみにですが、強モードを〝スポットライトモード〟、弱モードを〝ワイドモード〟などと称している場合もあります。言葉的には照射範囲の違いですが、得てしてスポットの方が強力です。

「あと、ヘッドランプはどうしても一人一つずつあった方がいいから、最初に買うべきキャンプ道具は、マイライトかな」

「家にいるときでも、停電したときとか、役立ちそうですしね！」

沙羅（さら）が言って、

「だねえ」

頷（うなず）いた木乃（きの）ですが、停電すると腰のポーチの中に入っている銃で、戦闘用のタクティカルライトが装着されているのを取り出すのであまり本気でそう思っていません。

ここ最近は、スマートフォンの爆発的普及で、そこに付いている懐中電灯が使えて大変に便利になりました。

これもう、誰もが常にライトを持ち歩いているようなもので、非常時にはとても有効です。

一昔前は、ライトがないから腕時計の文字盤を光らせて暗闇の階段を避難したなんてエピソードもあったものですが（注・一九九三年の〝ワールドトレードセンター爆破テロ事件〟。〝タイメックス〟社の腕時計の〝インディグロナイトライト〟と呼ばれた世界初の文字盤発光機能を使った）。

そんなスマホ時代でも、両手が自由に使えるヘッドランプの優位性は揺るがないのです。

例えば災害時、光が必要な度に、命綱になるスマートフォンを出してバッテリーを消費させるのもなんですし、やっぱりヘッドランプは持っていて損な道具ではないと思われます。災害発生時に絶対に役に立ちます。

「あ、あと一つ注意が。電池は単三か単四を使うのが主流だけど――」

超小型ライトでは、ボタン電池を使うものもありますがそれはさておきます。

「どっちでもいいんだけど、他のアイテムとは電池を揃えておいたほうがいいよ。例えばLEDランタンとかラジオとかGPSとかね。予備電池を二種類持ち歩かなくて済むから」

なるほどとメモを取りながら、

「これ、幾らくらいするんでしょうか？」

　エリアスがヘッドランプの値段について質問しました。

「はて……。そんなにしないと思うけど。わたしは自分でアイテムを買ったことがないので、詳しくは分からないんだよねえ」

　すると沙羅、

「ちょっとお待ちください！」

　ライトを消灯して、素早くスマートフォンで調べ物。ちなみに沙羅は、自分で歌って稼いだお金でこのスマートフォン代を払っています。

　十数秒後に、

「出ました！　通販サイトで、千円ちょっとから千五百円、しないくらいです！」

「えっ？　もっとするのかと思ってた」

　エリアスが驚いて、木乃は脳内で〝その金額で一番カロリーが高いのは、やはり菓子パンかな？〟と思っていました。

「高いのを探したら、数千円から一万円するのもあります。もっとするのも！　ずいぶん違うんですね。充電式になったり、とても明るかったりするみたいです」

「うんうん。でもね、わたしは最初はこれでいいと思うよ。わたしたちが普通のキャンプで使うんだとしたら十分。最初からいきなり凄くいい装備を買い揃えようとすると、どんだけお金がかかるか分からないからね」

「そうですね。ちなみに、もしライトが高価になると、どんなメリットがあるんですか？」

「そうだねえ。充電式とか、超強力なものとか、あと、センサースイッチで手をかざすだけで点くとか。あと、わたしのこれは、明るさを無段階調節できるし、調節した明るさをキープもできる。一番明るくしたいときは、脇を軽く叩くだけで変更できる」

「ほー」

「へえ」

「要は高くなると、とても多機能になる。あとは、やっぱりタフになるかな。ぶつけても壊れにくくなって、防水性も上がって、水中でもそのまま使えたりね」

なるほどなるほど。二人が頷きます。

「だからハードな登山とか、洞窟探検とか、あるいは救急隊とか、そんな命がけの状況に限られた装備で突っ込んでいくんだったら、そういうのを選んだ方がいい、ってことかな」

ヘッドランプの使い方も分かったので、それをピカッと点灯させて、三人は横に並んで薄暗闇を歩きました。

目指すはキャンプ場中央にある新築のトイレ。大きい建物ですし、常に灯りが点いているので、目印には事欠きませんね。

基本的にフラットな草原ですが、時々凸凹があるので油断は禁物です。なあに、焦る旅じゃない、ノンビリ行こうじゃないか。

歩く木乃が時々サッと振り返るのは、相手を一度素通りさせて後方から襲撃する敵を警戒してのこと。警戒だけは常に怠らない。おばあちゃんにゴム弾で撃たれるから。

灯っているランタンや焚き火などの明かりで分かりますが、広い場内に、テントの数はとてもまばらです。

そして幸運にも、トイレに行く途中には一つもありませんでした。

さすがに日も暮れたこの時間になると新たにやってくるキャンパーもいませんので、本日の宿泊客はこれくらいなのでしょう。

夜中にトイレに立つ事もあるので、その場合、自分のテントからの最短ルートに他の人が陣を張っていたら、素直に大きく迂回しましょう。

寝ているすぐ近くに足音が来たら、防音性能はほぼないテントのこと、かなりよく聞こえます。とても怖いです。

また、ギリギリを通り抜けようとして、張り縄に引っかかって転んだりしたら超が三つつくくらいの迷惑ですから。

　さて、大きな建物の中で用を済ませた三人は、

「とーっても綺麗なトイレでしたね！　ウォシュレット付きでしたよ！」

　沙羅の正直すぎる感想を聞きながら帰路につきます。ヘッドランプの光が三つ、足元を照らしていきます。

「キャンプ場によっては、水洗じゃないことがあるからねえ。全部仮設テントとか、男女一緒とかも。壮絶なのを覚悟しなければならないことも、あるよ」

「うひゃあ。それはちょっと、イヤですねえ……」

　木乃も言って、女子二人のトイレ談義を横並びで聞かされる羽目になったエリアス、かなり恥ずかしそう。

「でもまあ、それでも、キャンプ場はトイレがあるから便利かな」

　木乃の言葉に、二人がそれなりに驚きます。

　沙羅が、

「はい？　あのう……、もし……、なかったら……？」

「うん、自然の中で野営なら、大も小もそのへんで」

「うわーっ！　サバイバルだー！」

「でも、大自然のまっただ中で野糞って、本当に気持ちいいんだよねえ」

女子高生のヒロインのセリフですかね？

「そうでしょうねえ！　一度やってみたいです！」

女子中学生キャラのセリフですかね？

「………………」

暗くて見えませんけど、顔を真っ赤にしている男子中学生のエリアスが全力で逃げたそうですよ。耐えろ。

「ならば、やり方を教えておこう！　本当にサバイバルが必要になったときのために！　わたしが、おばあちゃんに教わった、完璧な野糞スタイルを！」

木乃はそんなエリアスのことなど、忖度できません。たぶん〝そんたく〟って書けないし読めない。

「はい！」

沙羅もまた忖度をしない。

「まず、サバイバル中の野営地にあまりに近い場所はもちろん、万が一にも誰かからバッチリ見られる場所、水場――、川とか池とかの近くなどは避ける。当然だね」

「そうですね！」

「そして、いい場所を見つけたら、必ず穴を掘ってからする。さもないと、お尻に戻ってきてべったり付くよ。だから折りたたみでも、小さめでも、スコップがあると大変に便利。なければば太めの枝で。穴は、最低でも十センチくらいの深さだね。余裕を持って、縦に長い方がいいね。お尻の穴の位置は、自分達が思うよりずっと後ろにあるからね。最初はピンポイントで狙うのが難しいんだわ」

「ふむふむ」

沙羅が真剣に頷いているのが、ライトの小刻みな動きで分かります。エリアス、メモはいいのかね？

「で、もう一度周囲を慎重に確認したのち、大自然との一体感を感じながら、用を足す。外で食べるご飯がいつもより美味しいように、外で用を足すのは、いつもより気持ちがいい」

「そうでしょうねー」

「さてスッキリしたら後始末。普段使っているトイレットペーパーは自然の中で分解されるまでに時間がかかるし、敵に痕跡が発見されやすい。できれば使わない方がいい。それに、持ってないことも、あるしね」

だから敵って？

「すると……、葉っぱですか？」

「それもあるけど、都合よく拭けるナイスな葉っぱがあるとは限らない。知らずに変なのを使って、お尻が切れたり、かぶれたりしたら――」

「ひゃあ！　じゃあ、水と手ですか？　どこかの外国みたいに。ウォシュレットみたいに」

「分かっているなお主。そう、左手の先でチャパチャパとやるのが、結局は一番楽。水筒か、ペットボトル持参でね。片手で栓が開けられるタイプならなお良し。その後は、しっかりと埋め戻しておく。野営地が近い場合は同じ場所でしないように、分かるような目印があるといいね。木の枝を置いておくとかさ。とまあ、こんな感じ」

「ありがとうございます！　とても参考になりました！」

沙羅がいつどこでこの知識を生かすことになるのかは、今のエリアスには分かりませんでした。


トイレという散歩から戻ってくると、犬山が復活していました。

焚き火の見張りをして、薪を足しておいてくれました。

茶子先生は？

リクライニングできるタイプのイスを使って、思いっきりぐでんと寝ていました。アウトドア用毛布が掛けられているのは、犬山の優しさでしょうか。

世界はもう真っ暗。

広い広い空には雲一つなく、月もなく、星がたくさん見え始めてきました。

しかし、今この瞬間、木乃にとってもっとも重要なのは、地元北海道で腐るほど見た満天の星ではありません。

半径三十メートル、いえ四十メートルでも気付いた素晴らしい匂いを撒き散らしている、静の料理なのです。

「静先輩、できましたか？」

できてないなどと言ったら、もう許さぬ。

木乃の心が、顔に出ていました。鬼ですか般若ですか？

「ああ、ちょうどできあがったところだよ。みんな、おまちどおさま。お皿やカップを出してくれるかな？　大きめの深皿と中くらいの薄皿を人数分」

「ハイ喜んでーっ！」

木乃、メッチャ笑顔。どこぞの居酒屋でしょうか？

それはさておき、木乃も沙羅もエリアスも、テキテキパキパキと準備。

あっという間に終わりました。ランタンのホワッとした光に照らされて、テーブルの上にお皿とカップの花が咲きました。スプーンやフォーク、箸などのカトラリーが揃いました。

カップに注がれていくのは、さっきの紅茶ではなく、これからのガッツリした食事にあいそうなホットのほうじ茶。

焚き火の前から犬山を呼び寄せて、

「ぬがっ！」

茶子先生を、ガシガシ揺らして起こすのも忘れません。

「さあ、カモン！」

木乃が吠えて、豪華な夕食タイムのスタートです。

「じゃあ、まずはこちらを。皆さん、私のことはいいからお先にどうぞ」

静がトン、とテーブルの中央に置いたのは、大きめのお皿。

中身は、おっとサラダですね。

レタス、ミニトマト、アボカド、ゆで卵、鳥肉を茹でたもの、チーズなどを盛った、そうです、分かる人には分かりますね。そう、これはコブサラダです（問い一・英語に直しなさい）。

このコブサラダ。盛り上がった大量の具材が〝瘤〟のように見えるからと、文久四年（一八六四年）に神戸の町で生まれたレシピが、その四年後の神戸港開港で、船乗りの手によって世界中に爆発的に広まったというのはもちろん嘘です。

一九三七年にとあるレストランのオーナーが、冷蔵庫の残り物をぶち込んで作ったのが始まりとされています。その人の苗字がコブ。こっちはネットに書いてあった。

まあ、そんな蘊蓄はさておき、コブサラダはボリューミーで、食感豊かで、つまり美味いのです。

目の前にある、絵画みたいな色とりどりの円を見ながら、

「静先輩！　ありがとうございます！」

木乃はそう叫びました。叫ばずにはいられなかったからです。

「わたし、先輩の遺業を忘れません！」

死なすな。

苦笑しながらまだキッチンに立ち続ける静の代わりに、木乃は音速の八倍の速さで、座っている全員に取り分けました。その衝撃波が、チーズを少し揺らしました。

「じゃ、食べようかー！　はい、手と手を合わせて、いただきます」

こんなときだけ先生をする茶子先生の合図に、
いただきまーす！

静以外の全員が手を合わせて、キャンプ初日の夕食を始めました。

木乃は食べ始めました。食べ終わりました。その次がエリアス。この二人は早い早い。皿の上の物体が異世界に飛ばされたかのような食べっぷり。

他の人達がノンビリと食べている間に、

「まだかまだかつぎはまだか……」

グルグルと飢えた犬のように唸っている女子高生が、この作品の主人公です。

「外で食べるのって、本当に美味しいですねえ。うふっ。そして、みんなで一緒に食べるの

も！」

と、フォークの先にミニトマトを刺しながら沙羅が爽やかな笑顔。これですよ。これが正しいヒロイン的アクションとセリフですよ。木乃、見てますか？

「つぎはまだかまだかまだかまだか……」

グルグル。ダメだこりゃ。

「静君、料理じょーずー」

茶子先生がお褒めの言葉を飛ばして、

「いやあ、これは切って並べただけですよ」

静、キッチンからそんな謙遜。確かに食材を切って並べただけでも、これだけできれば素晴らしいですよ。

「ふん」

面白くなさそうに鼻を鳴らしつつも、モグモグと食べ続けているのは犬山。そりゃそうですよね、あれだけ走れば腹は減りますよ。

「では、こちらをどうぞ」

静がテーブルの中央に、金属製の耐熱皿に置いたのは、大きな黒いダッチオーブン。

ちょっと説明すると、ダッチオーブンとは鍋の一種。

深さがある蓋の上に炭などを置いて、全体で中身を加熱するオーブンとしても使えるような仕組みのモノです。

鍋その物が分厚く温度変化が少ないとか、蓋が重いので鍋内に圧力を閉じ込められる（簡単な圧力鍋の原理）なんて特徴も。

有名なのは黒い鋳鉄製ですが、購入後はシーズニングという腐食防止の作業が必要で、使った後も扱いがやや面倒です。キャンプ用に、手入れも扱いも簡単なステンレス製もありますよ。

静が大きく重い蓋を、〝リッドリフター〟というバールのようなもので持ち上げると、かなり冷えてきた世界に、猛烈な勢いで湯気が舞い立って、

「ほわああああああああああああああああ！」

幸せそうな木乃の顔を包みました。匂いで分かります。これは――、

「ビーフシチュー！」

「その通り。さて、よそうよ。お皿をもらおうか」

静が、大きなダッチオーブンにたっぷりと入ったビーフシチューに、お玉を入れながら言いました。

軽くかき混ぜると、牛肉の塊が、にんじんがジャガイモが、シチューの中でゴロゴロと唸りました。

木乃はテーブルの上にあった深皿を差し出して、

「はい！　このお皿に、ウルトラ超メガマックス激エクストラ爆裂ハイパー大盛りで！　そして、残った鍋の方は、わたしがいただきます！」

待てや主人公。

「それでも大丈夫。あと、同じ鍋で五個分くらいは作ってある」

さすがだな静。いつの間に。

木乃の目が猛烈に輝いて、沙羅がサングラスをかけました。


「食った……。満腹じゃ……」

焚き火の前で、木乃をはじめとして、すぐやる部の面々（除・静）がイスにふんぞり返っていました。

実際には座っていますが、キャンプ用のロータイプの折りたたみイスは、まるでお尻が埋まるようになって、自然とリラックスポジションになるのです。

パチパチと静かに音を立てる焚き火を扇状に囲みながら（全周を囲まないのは、そこが微風の風下だからです）、全員でノンビリ食後の満腹で動けないタイム。

ちなみに静はというと、使った食器を全て折りたたみバケツに入れて運んで、少し離れた場所にある水道で洗っているところです。

皆が手伝うと言ったのですが、自分の責任で全部やると頑(かたく)なに固辞したのでお任せモード。外は寒く、身を切るような冷たい水が出る水道ですが、内側が起毛された作業用防寒グローブを使えばまったく問題ありません。

世の中には便利なアイテムがたくさんあるのです。

「くった……」

さて、ひっくり返っている木乃(きの)。そりゃあ一人で鍋二つ分のビーフシチューを、サラダたっぷりと、静(しず)が追加したロールパン（香ばしく炙(あぶ)ってあった）を二ダース近く食べればそうなります。ちなみにエリアスも同じくらい食べました。二人はツートップ。

他の部員達も、美味(おい)しい料理に大満足の大満腹。しばらく動けません。デザートの材料はあるのですが、今は無理。

「みんなで外で食べるご飯って、本当に美味(おい)しいですね……」

小さなお腹(なか)をポンポコリンにして、沙羅(さら)が再び言いました。

実感がこもっていました。

彼女の場合、〝みんなで〟というのがとても重要でしょう。

天涯孤独だった女の子は、ゆっくりとですが、普通を味わっています。近くにいる人達が、鍋でシチューを食べる連中だとしても。授業をサボって部活動をする先生でも。

日の入りが早かったので、実はこの時点でもまだ十九時、つまり夜の七時です。

気温はさらにさらにグッと下がって、一桁の下の方。明け方には間違いなく零下数度ですねこれ。

もっとも今は、皆さん焚き火からの熱を存分に身に受けているので、凍えてはいません。お腹の中もぽかぽかで、エネルギー充填満タンパワー爆発状態ですし。

静が、お皿を洗い終えて戻ってきました。エプロンを取ってセーター姿へ。ウール百パーセントですので、焚き火にも強そうですね。

大量の調理道具などは全て、キャンプ場に鎮座しているコンテナの中へしまってあります。

ところでこれ、最後の日の回収はどうするんですかね？　畳んであるパラシュート含めて。

静がイスに座ると、周りのみんながお疲れ様と優しい言葉を送ってきました。

沙羅は、静の分のお茶（今度は紅茶です）をそっと注ぎました。

「みんな、初日でやることてんこ盛りで疲れたでしょう。今日はもう、二十時には寝ましょうね。夜更かしはダメダメ！　そのかわり、明日の朝は日の出前に起こしちゃうぞ！　みんなで、富士山からの日の出を拝みましょう！」

おっと、茶子先生がまともなことを言いました。

この時期のこの場所――、ただし緯度経度で計算しただけの日の出時刻は、六時半から七時の間くらいだったはず。

実際には、東側に位置する日本一高い山のおかげで、平面で計算した時間よりずっと遅れます。

「えー、寝てたい……」

木乃が正直すぎる感想を呟きました。

「美味しい朝ご飯を、たらふく食べながらね！」

「起きるか……」

木乃が正直すぎる感想を呟きました。

「犬山君、朝食をお願いできる？」

「喜んで。日の出の時間にはお届けします。今以上に、皆を満腹にしてさし上げましょう」

静への対抗意識バリバリですね。見ていて清々しいほどに。

犬山はまったくもっていけ好かぬヤツだが、彼の作った食べ物には何も罪はない。それを平らげることが、わたしの使命である。

木乃は思っていました。言わないくらいの理性はありました。

焚き火はすっかりと落ち着いて、さっきまでのような元気な炎は、もう揺らめいていません。

太い薪は、真っ黒に炭化した状態でところどころが赤く輝き、強烈な熱を放っていました。いわゆる〝熾火〟という状態です。

今までのように、エリアスが太い薪を追加しようとしました。
木乃が声をかけます。

「エリアス君、追加はもういいよ。寝る時間までに、燃えつきるようにしたいから」

「なるほど」

エリアスが手を止めました。

「ちなみに、寒くなってきたら、背中で当たるんだよ」

木乃が言って、沙羅とエリアスが首を傾げます。沙羅が、

「背中、ですか？」

「そう。背中の肩甲骨の間、ここを温めると本当にいい。体中の血が温かくなる感じがする。わたしがおばあちゃんと、北海道で寒中サバイバル訓練中は――」

自然な会話の流れでそんなことを口にしましたが、普通の女子高生が、まず絶対にやらないアレですね。

「木を倒して、その枝の下の空間で小さな火を熾す。上着を脱いでできるだけ薄着になって、背中を向けて寝る。火が弱くなったら、イコール寒いってコトだからすぐに目が覚める。小さめの薪を追加して、また寝る」

「それで……、寝られるんですか？」

「何度かやったけど、正直あんまり。熟睡にはほど遠いね。でもね、かなり寒くても〝死なな

い程度〟には過ごせるんだ。日が出れば暖かくなるしね。教えてくれたおばあちゃんが言ってたんだけど、それって、アイヌが狩り小屋で夜を過ごすための知恵なんだって」

「はあ……」

沙羅が驚き、やや呆れていました。

普通に生きていてこの知恵が役に立つことは、まずないでしょう。でも、もしかしたら、ひょっとしたら……。

かりかり。

だからエリアスはメモを取るのです。

「ちょっと話が変わりますけど——、火の後片付けって、どうするんですか？」

エリアスがメモ片手に聞きました。ちょうど木乃がお茶を飲んでいる最中だったので、静が答えます。

「そうだね。もし完全に燃えつきて灰になっていれば、冷えたあとで、ゴミ袋で回収できるね。ここもそうだけど、炭や灰の捨て場を用意してくれているキャンプ場も多い」

沙羅が頷いて、エリアスはペンを走らせます。

「もしまだ燃えていたら、〝火消し壺〟っていう密閉消火できる金属容器へ入れて、しばらく待つ。もしなければ、ダッチオーブンでもいいし、蓋のある鍋でもいい。容器が熱くなるから気をつけてね。まだ煌々と燃えていたら、火バサミで摑んで、バケツに一つずつ入れて消火してしまうのが楽かな」

つけた火は、ちゃんと消すまで、ホトトギス。

寝る前に焚き火（炭を使っている場合は炭火）を完全消火するのは鉄則ですが、ガバッと水をぶっかけると金属製の焚き火台が傷みますし、猛烈な湯気が立ちますし、何より灰と水でドロドロの何かが下に溢れることに。

やらない方がいいですよ。いやホントに。しみじみ。

火の後始末は、ノンビリとやりましょう。時間的余裕を持ちましょう。特に焚き火台を使ったら、冷えるまでは持ち帰ることができませんし。出発日の朝の焚き火は、特に要注意ですよ。

そんなことを静から追加されて、

「ふむふむ」

エリアス納得中。そして木乃が、

「野宿で火の始末が甘いと、おばあちゃんにドヤされるんだ。〝これでは敵に足跡を残すようなものですよ〟、って」

遠くを見ながら言いました。

だから敵とは以下略。

「はい、先生！　質問です！」

沙羅が可愛い声と小さい手を挙げました。

「なーにー？」

ノンビリとしていた茶子先生が答えて、

「あ、すみません、〝先生〟とは、静先輩たちのことで……」

沙羅が正直に言うと、茶子先生ショボン。でもしょうがない。これはしょうがない。

なんだい？　と静が優しく言って、木乃も沙羅を見ました。

「今夜、これからさらに冷えて、かなり寒いと思います。寝るときに、気をつけることってありますか？」

「とってもいい質問だね。寝るときのことは、まさにちゃんと説明しようと思っていたところだよ」

静が答え始めたので、先生は二人も要らぬとばかり、木乃は黙っていました。そして、そろそろお腹の空きスペースが増えてきたなと、感じていました。

キャンプ初心者の沙羅とエリアスが、静の言葉に真剣に耳を傾けます。ついでに茶子先生も。

「まず、今回はテントに暖房がない。実は、キャンプでも暖房を使えることはある。有名なところだと、ストーブだね。薪を燃やすタイプだったり、家庭にあるような石油ストーブだったり」

「テントの中で火を燃やすんですか？　危なくないんですか？」

沙羅が訊ねて、静は答えます。

「その通り。危ないよ。火傷や火事はもちろん、一酸化炭素中毒死の可能性が常にある。だからしっかりと換気が必要だし、〝CO検知器〟も絶対に持っておくべきだと思う。就寝前には、絶対に火を消すべきだ。まあ、今回はそれほど寒くならないので――」

それでも、標高が高いので、十一月でマイナス気温にはなるのですが、それはさておきます。

「テントの中で火を使う暖房器具はなしにしてほしいと、茶子先生には事前に伝えておいた。そのかわり、優れた寝袋を用意してほしいと。それでもどうしても眠れない場合だけは、私がオデッセイを運転するから、暖房が効いた車内で寝て欲しい」

「分かりました」

いわゆる車中泊ですね。

夜は本当に静かになるキャンプ場でアイドリングをするのは大迷惑なので、その場合は移動しましょう。近くの道路脇の駐車場とか道の駅とかへ。

もちろんそこでも、アイドリング駐車は良くないことですが――、緊急処置としては許せ。

「火を使わない暖房器具なら、問題はないんだけどね」

静が言って、沙羅が質問。

「というと、どんなのがあるんですか？」

「電気式だね。ホットカーペットとか、コタツとか、電気式ヒーターとか。普通に家庭で使っているものでいい」

「でも、静先輩……。キャンプ場には、電気はないですよね？」

エリアスがメモを取りながら聞いて、静は優しげに首を横に振りました。

「ここにはない。でも、あるところはある——、〝電源付きサイト〟ってキャンプ場もあるんだ。区画の中に野外用電気コンセントがあって、千から千五百ワットくらいまでの電気が使える。その分の追加料金が発生する場合が多い」

「へえ……」

「ビックリです」

なんだそりゃ楽だな。家か！

サバイバリストの木乃が思っていましたが、空気が少しは読めるので言いません。

それより、そろそろおやつが食えるかな？　今かな？　と腹の様子と戦っていました。

「冬に快適なキャンプするのなら、電源付きサイトはオススメだね。ホットカーペット、あるいは電気毛布があれば、相当に快適なはずだ。でもまあ、今回はちょっと話が違うから、割愛するね」

静はそう言った後、茶子先生に許可を取って、ドームテントの中に行きました。デイパック程の大きさの円筒形のバッグを、二つ持って戻ってきました。

焚き火から少し離れた場所で、静は一つのバッグの中身を引っ張り出しました。モコモコした寝袋、あるいはシュラフが現れました。

「これが、今夜使ってもらう寝袋だ。〝マミー型〟って呼ばれるタイプだ」

「マミー……。お母さんですか？」

エリアスが聞いて、

「そう、〝母のように温かく包み込む〟というところからその名が付けられたのよ」

茶子先生がドヤ顔で言いましたが、もちろんデタラメです。

「実はこっちのマミーは、〝ミイラ〟のことなんだ」

「うひっ」

沙羅が驚くのもしょうがない。ミイラになって寝るのですか？　そうです。

「収まったときの外見がミイラに似ているからね。そしてもう一つのタイプは、封筒みたいな形をしているので――」

「〝エンベロープ型〟、ですか？」

「いや、〝封筒型〟と呼ばれている。英語ならRectangular、長方形のタイプだね」

エリアスがっくし。ちょっと英語が得意なところを見せたかったのに。

「封筒型は、普通の布団に似てゆったりしている。マミー型は見ての通り包み込まれるので、慣れるまでは寝苦しいかもしれない。でも、体全体、つまりは頭も覆うので、保温性能はマミー型の方がずっと上だ。封筒型は夏向きだね。ファスナーを全部開いて掛け布団みたいにも使えるし。ただ、収納するときはマミー型の方がコンパクトになる」

「一長一短なんですね」

沙羅が言って、

胃腸はいったん元気ですね。

木乃は思いました。間もなく何かを食う気だな。

ぽんぽん、と静が寝袋を軽く叩いて、

「布団と一緒で、中には保温のための〝中綿〟が入っている。これは、ダウンだ。いわゆる〝羽毛布団〟だね。軽くて暖かい」

「すると、ダウンじゃないのもあるんですか？」

エリアスは優秀な生徒なので、質問をビシバシします。

「ある。化学繊維——、略して〝化繊〟だ。ダウンよりぐっと安く、ずっと乾きやすい。しかし、ダウンよりかさばってしまう。圧縮袋を使っても、収納したときにどうしても大きくなるんだ。車ならそれほど問題にならないだろうけど、オートバイや自転車、徒歩でキャンプ場へ向かう人には、できるだけ小さくなってくれた方がいいだろうね」

「なるほど」

「そして寝袋には、性能表記として、最低温度の設定がある。〝この寝袋は、最低何度までは快適に寝られます〟とか、〝何度が限界の温度です〟とかね。ペラペラだと夏用。これみたいにしっかりモコモコしていると冬用。中間だと、春夏秋のスリーシーズン用。人によって寒さの耐性が違うから、あくまで寝てみなければ分からないのだけど――、その温度設定を購入の目安にするといい」

静はそう言ってから、手の中の寝袋をモフモフと触って、

「これは見たところ、今夜より寒くなっても耐えられる、かなり高性能の寝袋だよ。結構高いだろうね。五万円以上はすると思う」

「ふっ！　まあねー」

茶子先生、自慢げ。

静に提案されるまでもなく、自分が寒いのが苦手なので、〝四の五の言わず最良を用意しろ！〟と命令しておいたことはナイショです。

その予算？　部費だ。部費は幾らか？　秘密だ。

「じゃあ、それにスッポリ頭まで包まれて寝ればいいんですね！」

沙羅が言って、

「その通り。口と鼻だけを出して寝ることができる」

「ミイラみたいですね！」

「ミイラみたいだね。ひとまず、寝袋はこれでいいとして」

静(しず)は寝袋を一度、自分のイスの上に丁寧に置きました。

二つ持ってきたバッグのもう一つを開けて、中身を取り出します。それは、綺麗(きれい)に丸まっていた何かで、でも寝袋ではなくて、

「バームクーヘンが食べたい」

木乃(きの)が言いましたが、しばらく黙っていてください。

「こっちがマットだ。中にスポンジが入っていて、広げて空気を入れるとさらに膨らむ〝インフレータブルタイプ〟だね。これも、結構いいやつだ」

「ふっ」

またも茶子(ちゃこ)先生ドヤ顔。いいやつなのです。高いやつなのです。

「マットには他にも、単なる風船のような〝エアーマット〟とか、ウレタンだけでできている折りたたみ式やロール式などもある。〝ウレタンマット〟はコンテナの中にいくつも入っていたね。それをまずテントに敷いて、その上からこのマットを敷こう。二重にすれば、さらに柔らかく、暖かくなる」

「そっちが敷き布団(しきぶとん)で、寝袋が掛け布団(かけぶとん)みたいな感じですか？」

エリアスが言いました。

「その通り。そして〝敷き布団〟はとても重要だ。通常キャンプでは、地面からの底冷えが避けられない。背中の血管が直に冷えると、大変な寒さを感じるからね。仰向けよりは横に向いて寝ると少しは良くなるが、根本的には、マットの厚みを増すしかない」

「なるほど。さっき木乃先輩が言っていた、〝背中を火に当てると暖かい〟の逆ですね。ベッドのマットレスって、厚みがありますもんね」

「そうだね。そして、冬に寝袋を使う場合、意外とも思える注意点が一つ。それは――」

静が勿体振ったとき、赤く鈍く光っていた薪が一つ折れて、コテンと音を立てました。

「薄着で寝ることだ」

「はい？　寒いときは、厚着の方が、良くないですか？」

エリアスが聞いて、沙羅も同じ考えなのか、ウンウンと頷いています。

「それは着ているとき、だね」

静は、マットをイスの上に置いて、自分のセーターを、胸の位置で手で触りました。

「そもそも、〝寒さ〟とはなんだろう？」

静先生が問いかけて、二人の生徒が首を傾げました。

「それは、〝体から熱が逃げる〟ことだ。私達の体は、摂氏三十七度近い温度を持っている発熱体で、そこから熱が奪われることを〝寒い〟と思う。勢いよく奪われるほど、より寒さを感じる。熱の移動は、常に高い方から低い方だ。ここまではいいかな？」

二人が頷いているのを見て、静先生の授業は続きます。

「私達の皮膚は、体内の温度を持ってして、周囲の空気をじんわりと暖め続けている。だから、風が吹くとその空気が飛ばされてしまい、さらに体温が奪われて寒いと感じる。服を着ていると周囲に空気の層ができて、体温で温められたものをキープできるから暖かい。なので、〝自分の温度を奪わせない〟ことが、防寒の基礎となるんだ」

静は、再びダウンシュラフを持ち上げました。

「モコモコした寝袋のダウンは、たくさんの空気の層を作ってくれる。保温性と湿度のコントロール性が優れた空気層だ。体温でこれを温め続けることで、寒い中でも快適さが保たれている。――では、もし寝袋の中に入った私達が、外からの寒さをしのげるほどの厚着をしていたらどうなるだろう？」

先生の質問に、沙羅が勢いよく手を挙げました。

「はい！　体温が寝袋をうまく暖めてくれません！」

「正解だ。外からの寒さに耐えられる服は、それゆえに外に体温を逃がしてくれない。つまり、いつまでも寝袋の空気を暖めてくれない。その服の中だけが暖かくても、寝袋の持つ空気の量には敵わないから、冷えやすくなってしまうし、ときに蒸れやすくもある」

　静は、イスにおいた寝袋を指さしました。

「もちろん〝ある程度の性能の寝袋を持っている〟ということが前提なのだけど——、寒いときは通気性のある薄着で寝るのがいいんだ。体温を外に出して、その熱で、ボリュームのある寝袋やマットの空気を暖め続ける。それに薄着の方が、寝ている間の体の締め付け感が少なくて快適という効果もある。実はこれは、寝袋だけに限った話ではなくて、普通の羽毛布団でも一緒なんだ」

「なるほど……。セクシーこそ正義か……」

　真剣な顔で頷いたのは、茶子先生です。

　普段どんな格好で寝ているかは知りませんが、これからどんな格好をするのかも分かりませんが。

「じゃあ、今回は普通のパジャマでいいんでしょうか？　持ってきています」

　エリアスが訊ねて、

「いいと思うよ。寝袋に入る直前に、素早く着替えるといい」

　静は頷きました。

　そして、別の注意事項を付け足します。

「夜中や明け方に、どうしてもトイレに行きたいこともあるだろう。その場合は、面倒でもしっかり着込んでからテントを出ることだ。薄着で上着を羽織っただけの格好では、帰ってくる頃にはすっかり冷え切ってしまって、その先が辛くなる。寝袋を出たらすぐに今みたいな格好になって、帽子もかぶって、とにかく体を冷やさないようにね。あとで、それぞれのテントに魔法瓶を置いておく。お湯を入れておくから、体が冷えたと思ったら少しずつ飲むといいよ」

納得している二人――、じゃなかった茶子先生を含めて三人を横目に、そのへんの話は全ておばあちゃんに教わって、あるいは北の大地の厳しさ故に経験で知っている木乃が、ぼうっと空を見上げていました。

北の空の高いところに、カシオペア座が、Wを逆さにして浮かんでいますね。

つまりMに見えるわけで、ハンバーガーが食べたいなあと、木乃は思っていました。肉増量で。マシマシで。

静はそれから、別の注意事項として――、

もし夜中にトイレに行くときは、絶対に上級生の誰かと行くように、沙羅とエリアスと、茶子先生に言い聞かせました。絶対に一人で行動するなと。

トイレに立つときは、足元を照らすヘッドランプを持っていくのはもちろん、タープのポールにぶら下がっているランタンを点灯させてから行くことも忘れないように。

さもないと、帰りの目印が分からなくなってしまいますからね。特にこのキャンプ場は猛烈に広いので。

また、ちょっとでも体調不良などの異変があれば、やはり遠慮なく起こして報告して欲しいと。

「注意ごとが多くてすまないね。でも、安全にキャンプを終えてもらいたい」

二人はまだ若いですから、必要な処置でしょう。

茶子先生は一番年上ですが、必要な処置でしょう。

「分かりました」

沙羅とエリアスが、声を揃えました。

「いつでも遠慮なく起こしてね。起きなかったら、蹴っ飛ばしてくれていいよ」

木乃は沙羅に言って、

「僕もです。容赦なく」

犬山もそう言って――、

そこで全員、ハタと何かに気付きました。

エリアスが、

「あのう、犬山先輩……、テントは？」

そうです、彼はテントをまだ張っていません。どこで寝るのでしょうか？

「ああ、僕はなくても大丈夫だから、持ってきていない。そのへんで、丸まって寝るつもりだ」

さすが犬。略してさす犬。

正体は毛がふさふさの犬ですので、これくらいの寒さなど余裕です。というかもっと寒くなっても外で寝るのに問題なし。

このワイルドさは、例え鍛えた木乃でも真似はできない。さす犬。

しかしそれでみんなが納得するはずもなく、ひどく吃驚している中で、

「じゃあ、私のテントにいらっしゃーい！」

茶子先生が言いましたが、

「沙羅ちゃんがいますからダメですよ」

犬山はとても冷静。

「じゃあ私も犬山君と外で寝るーっ！」

「先生、野営の経験ないですよね？　下手したら凍死しますよ？」

「仕方がない。少々狭いが、ビバークだと思えば問題ない。私のテ――」

静の提案など、

「ノウ！」

全部言わせる前に英語で却下です。静と同衾？　そんな事するくらいなら、腹をかっさばいて死んでやる的な勢いでした。

しかしそれではと心配する心優しいすぐやる部の面々ですが、一人の部員だけが、恐ろしいほど冷静でした。

つまりは木乃ですが、

「テントがないのなら、先生の車の中で寝ればいいんじゃないですか？　鍵を渡しておけば？」

そ！　れ！　だーっ！

問題があっという間に解決したところで、木乃は言うのです。

「だから、そろそろオヤツの時間じゃないですかね？　もういいでしょう」

接続詞の使い方が思いっきり変ですが、木乃は気にしません。

すると、静が静かに動きました。

おもむろに火バサミを摑むと、焚き火の奥底から、アルミホイルの包みを取り出しました。

幾重にも包まれていたアルミホイルを開くと、濡らしたクッキングペーパーに包まれて、完壁ホクホクに焼き上がったサツマイモが！　石焼き芋です。石焼き芋の登場です！

「驚かそうと思って隠しておいたんだけど、よく分かったね、木乃さん」

静が微笑みながら言うと、木乃は答えます。

「心で」

第五章「二日目の彼等」
―Take a Nap!―

翌朝、木乃は夜明けと共に起きました。

「この匂いは、コンビーフ……」

匂いで起きました。

寝ていても否応なしに刺激される嗅覚は、人を起こす力を持つのです。そして木乃は特に、食べ物の匂いに敏感です。

時間は、朝の六時少し前。

空は、そしてその下にある世界は、もうすでにそこそこ明るいです。普通に活動できるレベル。ただし、太陽はまだ昇っていません。

タープの下で、米軍使用の、あるいは米軍仕様の分厚い寝袋の中にいた木乃の格好は、ただのパジャマ姿でした。

それはスウェーデン軍の迷彩の、この前茶子先生に闖入されたときに着ていたアレ。昨日の朝、部屋からポイと袋に入れて持ってきたアレ。

木乃はタープの下で寝たままで器用に着替えて、昨日と同じ、ジーンズにM65ジャケット姿になりました。さすがにちょいと寒いので、中に薄手のセーターを一枚入れています。もちろん腰には、モデルガンとポーチとエルメスをぶら下げたガンベルト。頭には帽子。

ちょうど摂氏零度くらいの空気の中、木乃は白い息を長く長く吐きながら、周囲を見渡しました。

朝の草原は、霧もなく、抜けるような空気に満ち満ちていました。風も強くありません。

ハッキリと見える富士山は、昨夜とまったく同じ場所にありました。

「なるほど……、二日間の観測の結果、明確な答えが出た。あの山は……、移動はしない」

一つ賢くなりました。

キャンパーの朝は早く、遠くのテントでは、焚き火の煙がうっすらと立ち昇っています。

太陽の光をもれなく有効に使うために、夜明けと共に起きて日の出と共に動き出す、それが旅人、じゃなかったキャンパーという生物です。

自分達の陣地でも、既に動き——、いえ働き出している人がいました。

犬山です。

キッチンに立ち、バーナーの上でフライパンを振っていました。中身はもちろん、さっき木乃を起こしたコンビーフ。

夜露で濡れるのを防ぐために車とコンテナにしまっておいた用具も、全て出してくれていました。よく働く男じゃ。

犬山が木乃に気付いて、爽やかな笑顔で会釈を送ってきました。

いけ好かない相手でも、挨拶は礼儀です。

木乃は会釈を返して、まだ他の部員達は寝ているので静かに移動します。

トイレへと、あるいは歯磨きへと、洗顔へと——、必要な道具を小さなポーチに入れて、木乃は出かけました。ポーチの色は、米軍のマルチカム迷彩柄でした。落としたら見つけるのがとても大変そうな。

じんわりと湿った朝の土の上を、木乃はテクテクと歩きます。

「おはよう、木乃」

腰から、エルメスが話しかけてきました。

会話は久しぶりです。昨夕からずっと部員達と一緒だったのと、昨夜はすぐに寝入ったので。

「おや、まだいたの？　とっくにストラップの国に帰ったのかとばかり」

酷い主人公です。しかしエルメスは動じず、

「そんな国はない。木乃もキャンプだと、こんなに早く起きられるんだねえ」

「まあね。秘めた実力ってやつ？」

「違うだろうねえ。ところで、ちゃんと眠れた？　明け方は相当に冷えたけど」

「ぐっすり。なんも問題なし。マイナス一桁なんて、北海道の冬に比べれば、天国みたいなもんだ」

「タフだねえ」

「あと、丑三つ時に結構派手に蹄の音が聞こえたのは、幻聴？　それとも、馬刺しを食べたいと思っていたわたしが見た夢？」

だいたい午前二時から二時半頃のことです。

「ああ、それは鹿。数頭の群れがキャンプ場のあちこちを走ってたよ。そのへんに、コロコロの糞がたくさん落ちていたでしょ？」

「なあんだ鹿か。撃って食べれば良かった」

「〝鳥獣の保護及び管理並びに狩猟の適正化に関する法律〟違反だよ」

いわゆる、〝鳥獣保護法〟、あるいは〝狩猟法〟と呼ばれるアレです。

「細かいこと言うとハゲるよ？」

「ハゲないよ。あと、法律を細かいこととかゆーな」

「分かった。今度近くに出たら起こして」

「撃つからダメ」

「ちぇ」

時間は少々戻って、昨日の夜のことですが――、
ホクホクの焼き芋をたっぷり食べた木乃達は、さすがに寝ようということになりまして、焚き火の見張りの静以外で、トイレ&洗面所へと向かいました。

それぞれが用を済ませたり、歯を磨いたり、顔を洗ったり（特に焚き火で乾くので）、茶子先生は、化粧水や乳液でササッとお肌の手入れをしたり。

それらを終えて戻ってくる途中、草原のど真ん中で全員でヘッドランプを消してみると、頭上には満天の星が広がっていました。

それはまるで夢の景色のように、ただひたすらに、美しい眺めでしたが、

「寒いですね」

「寒いね」

「うん、寒い」

やっぱり焚き火から離れると冷えるので、さっさと戻って、なる早でテントに入り込むことにしました。なあに、星空は明日も見られるさ。

みんなのトイレの間に、静はたっぷりのお湯を沸かして、湯たんぽを人数分準備してくれていました。

熱いお湯を入れた金属製の扁平容器に厚手の布のカバーという、もっとも原始的な暖房器具の一つですが、その効果は絶大です。寝る前に寝袋にポイと入れておくだけで、その中の空気が暖まります。

そして寝ている間は、一番冷えを感じやすい足元に入れておくと、長い時間ぽかぽかです。オススメです。

ただし、その場合は低温やけどの危険性があるので、バスタオルに包んで縛っておくなどしましょう。

静は、喉が渇いたときに飲むために、ぬるま湯を入れた魔法瓶も用意してくれました。さらにはチョコレートの小袋も。もし夜中に体が冷えたら、チョコを食べてお湯を飲んで、中から温めるのです。

そして全員、二十一時には就寝しました。

木乃は、若い二人と、若くないけど心配な一人のために、何かあったらすぐに起きるつもりで寝ましたが――、

どうやら三人とも静のレクチャーのおかげか、それとも寝袋のおかげか、あるいは湯たんぽの威力か、朝までちゃんと眠れたようです。今も寝ています。

逞しい静の心配はしなくてもいいですし、犬山はまあ、たぶん車の中で寝たのでしょう。ドアを開け閉めする音は、聞こえませんでしたけど。

そのかわり、犬がグルグル回って周囲を踏みしめ、それから丸まって寝る気配がしましたけど気のせいに違いない。


朝の富士山を撮影している人を横目に見ながら、木乃が自分達の陣地に戻ってくると、

「おはよう、木乃さん」

テントから少し離れた場所で、静が白いTシャツ一枚になって、体の汗を拭いていました。あ、上がTシャツだけ、と言う意味です。下は昨日と同じジーンズを穿いていますよ。表現って難しい。

なにせ寒い世界ですから、静の体中から湯気が、もわもわと立っています。

どうやらこの男、森の中の人目の付かないところで朝からバリバリ鍛錬をしてきたようです。日本刀をフリフリしてきたようです。腕や肩の筋肉がモリモリしています。

「おはようございます。先輩は朝の修行ですか？」

「ああ。毎日やらねば、どうしても気が済まなくてね」

「凄いですね。わたしもおばあちゃんから、銃は撃たずとも毎日握れ、構えろと言われてはいますが……」

いつも寝てばっかり何もしてないよねえ。まったく。

腰のエルメスが思いましたが、黙っていられるくらい空気が読めるストラップでしたこいつは。

「そういえば、森の中に鹿がいたよ」

静が言って、

「わたしも昨夜、走っている音を聞きました。群れがいるみたいですね」

そして撃って食べてやりたかった、とは続けませんでした。それくらいの空気はリードできるのです。

しかし静は、まだ湯気を立たせながら少し顔を曇らせて（比喩表現です）、言います。

「私が目にしたのは、まだ小さな子鹿だった。一頭で、森の中でぽつんと佇んでいた。近づいても逃げずに」

「あらら」

木乃にも分かります。

それはよくないです。鹿は群れで生きるもの。子鹿が一頭でいるなど、はぐれたに違いありません。

そして人間が近づいても逃げないのは、走って逃げられないほど判断力が、あるいは体力が、もしくは両方が弱っているからです。

その子鹿は、例の群れに戻りたがっているでしょう。さぞかし心細いでしょう。今も。キャンプ場のすぐ隣の森のどこかで。

しかし、どうしようもできません。

可哀想ですが、大自然の厳しさと言ってしまえばそれまでのことです。

むしろ木乃など、どこぞで野垂れ死ぬ前に、撃ってご飯にしてしまいたい、とすら心の奥では思っていますが、それも黙っていました。それくらいの空気も読める。

静との会話を終えてリビングまで戻ってきて、木乃には分かりました。並んでいる二つのテントの中で人の動く気配がしています。

沙羅もエリアスも起きていて、ごそごそと着替えているのでしょう。茶子先生は——、知らん。

そして、ファスナーが内部からじーっと開かれて、

「皆さん、おはようございます！　とっても寒いですね！　でも、すっごくよく眠れました！」

可愛い女の子と、

「おはようございます！　僕もぐっすりでした！」

可愛い男の子が出てきました。二人とも昨夜と同じ、暖かそうなスタイル。

あれ？　茶子先生は？

「とてもよく寝ているので、起こすのが申し訳ないかと思いまして」

中一女子に気を使われる大人。

沙羅とエリアスが、仲良くトイレから戻ってきました。

もう明るいので、仲のいい二人だけで行かせることにした木乃は空気が読める——、

「また往復めんどくさ」

木乃はズボラな先輩でした。

「みなさんどうぞ」

犬山が、マグカップに入れた紅茶を差し出してきました。

木乃はお礼もそこそこに飲んでみます。蜂蜜がたっぷり入っていて甘いです。鋭い冷気の中では最高ですね。

「うむ、悪くない」

木乃、超偉そう。

「美味しいです。ありがとうございます」

「犬山先輩、ありがとうございます」

エリアスと沙羅は、いつもよい子。

そこにいる全員で、湯気で顔を包みました。

時間は、六時半を過ぎています。

もう空はガチガチに明るいですが、まだ太陽は昇っていません。富士山の右側（南側）の裾が、空と大地が作る稜線が、かなり明るく見えてきます。昇るのはそのあたりからに違いない。

ご存じの通り、太陽が顔を出す場所は、季節と共に移動します。

これからしばらくは右側へ。そして来月の冬至を過ぎると、どんどん左側（北側）へとずれていきます（一番南側から出る冬至の日の出時刻が、一番遅いワケではない、というのは面白いところです）。

すると、やがては富士山の頂上ピッタリから昇るタイミングが年に二回来るわけで、その光景は〝ダイヤモンド富士〟と呼ばれています。東側からなら、夕日で同じような光景を見ることもできます。

そしてこのダイヤモンド富士、晴れていれば〝毎日〟見られます。そう、自分が移動すればいいだけだからです。

それらはさておき、

「間もなく日の出だ。新しい一日の始まりを、みんなで拝もうか」

静が言いました。ちなみにTシャツを交換し、セーター姿に戻っています。

「日の出の前でも、こんなに明るいんですね。僕は、太陽が出た瞬間に、世界が急に明るくなるのだと思っていました」

エリアスが言いました。

これは良くある勘違い。

実際には、『もう十分に明るいが、太陽が出ると東の空が猛烈に眩しくなる』といったところでしょうか。

「みんな、ちょっと後ろを、西側の山を見てごらん」

静が言って、皆が振り向くと、背後に聳えていた山の頂上が、猛烈に明るく見えました。

つまりあの場所にはもう光が届いているわけで、もし山頂にいれば、ご来光のタイミングでした。やがて、明るい場所が、ジワリジワリと下へと広がっていきます。

葉の落ちた山肌が、とても明るく茶色に見えています。北に見えている山の高いところで輝いている平らな人工物は、パラグライダーの離陸場ですね。

「あの光がどんどんと下がってきて、やがてここを、私達を照らす」

静の言葉に、

「ロマンチックですねー」

沙羅はときめいていました。木乃の目が輝いたとき用のサングラスを用意して、日の出に備えます。

富士の稜線はますます輝いていき、その分、山の表面が暗く見えました。

その頂上の右端から、左上へ、空へと向けて線が走っています。ちょうど富士山の角度と同じように、まるで定規を当てて延長したかのように、大空に伸びる線です。その左下の空は薄暗く、上が明るいことでクッキリとした境界を空に描きました。

これは影です。富士山(ふじさん)の作る影が、空の色まで分けてしまっているのです。

荘厳(そうごん)な景色に、部員達が声もなく見入る前で——、

その瞬間は、音もなくやって来ました。

富士(ふじ)の裾野が、猛烈に輝きました。ちょっとでも日が出た瞬間が、日の出の時間です。今です。

「うわあ」

沙羅(さら)が、感動の声を上げました。

「綺麗(きれい)だねえ」

エリアスが、沙羅(さら)と太陽を交互に見ながら、素直に言いました。

「…………」

静(しず)は、黙って合掌して祈っていました。

「…………」

木乃(きの)は、黙って思っていました。あの太陽のような卵が食べたいと。

皆に太陽は見えましたが、実はあの場所にはありません。

地球大気の屈折によって、一つ分以上は上に見えるのが日の出（と日没）の太陽。これを〝大気差〟と呼びます。

だから、太陽まで届く長い棒があっても、直接狙っては太陽は突けませんからご注意あれ。見えるものが、そこにあるとは限らないのですよ。まるで人生ですね——、と書くとなんか急に深くていい話にできるのでオススメです。

それはさておき、静かに見続けたり、手を合わせたり、朝ご飯はまだかと思う部員達を、地球の裏を回ってきた太陽は優しく照らして、長い長い、とてもとても長い影を後ろへと伸ばしました。

実際には太陽は動いていなくて、ぐるっと回ったのは地球と自分達なのですが、そんなのは地球の上にいる人には実感できないのです。

だったら、太陽が回っているに違いない。それでも。

「素晴らしい日の出だ。今日も一日、いい天気になるね」

静が拝んでいた手を解きながら言ったとき、

「素晴らしい材料だ。今日の朝食、いいメシになるね」

木乃は犬山が準備しているコンビーフの炒め物などを遠目で見ながら言いました。

日の出も拝み終えたのだから、あとはさっさと食べるしかなかろう？

木乃の思いが伝わったのか、それともみんなも香しい匂いに釣られたのか、犬山キッチンへと皆が集まってきました。

「お待たせしました皆さん。僕が朝食に選んだのは、ホットサンドです」

ほお。皆の目が輝きます。

「これを使います。先生に、準備してもらいました」

犬山の手には、長い柄のついた、そして二枚貝のように挟めるようになっている四角いフライパンみたいな何かが握られています。つまりはこれがホットサンドメーカーです。

いろいろな会社が同様の製品を出しているのですが、これは上下の二枚が取り外しできるタイプ。洗うときに楽ですし、それぞれを小さなフライパンとして独立して使うこともできるのが便利。

「これにバターを塗った食パンを入れて、具を挟んで閉じて、裏表をしっかりと焼きます。具は、いろいろと用意しました」

キッチンテーブルには、お皿に入った具材がずらり。

さっき作っていたコンビーフの炒め物。ふわふわスクランブルエッグ。溶けるチーズ。ツナのマヨネーズ和え、それにさらに刻み沢庵を入れたもの（つまりは〝とろたく〟）。カリカリに炒めたベーコン。薄切りスパムの炒め物。スイートコーン。ザワークラウト。ピクルス。輪切りトマト。レタス。千切りキャベツ。水にさらしたタマネギの薄切り――。

もちろん調味料も、アレやコレやたくさん。

犬山、結構大変な手間だったでしょうに、よくぞここまで。

木乃の犬山に対する株価が、ほんの少しだけ上がりました。

「では、まずは沙羅ちゃんとエリアス君、食べたい具を選んでください。そして、僕が作り方を教えますので、自分でやってみましょう」

きらりん。

二人の目がさらに輝きました。なにそれやってみたい。楽しそう。

昨日の静もそうでしたが、犬山も〝できる男〟です。

ここで自分がササッとホットサンドを作ってしまうより、例えちょっと失敗しても、食べる人が作った方が楽しいに決まっていることを、重々理解しているのです。

うむ、コイツは今でもぶっちゃけいけ好かぬが、このホスピタリティは、高く評価してやろう。

木乃、心の中で超偉そうなことを宣っていました。

同時に、

しかし、そこまでできる男のくせに――、なぜわたしが最初ではないのかね？

そんなことを思っていて、

心が超狭い！　後輩が先でしょ！

エルメスが木乃（きの）の表情を読み切って、心の中でツッコみました。

そして始まる、ホットサンドフェスティバル。すぐやる部、冬のパン祭り。

ホットサンドメーカーは複数あるので、あとは二つしかないバーナーの順番待ちですね。

とはいえ、一度使って温まったホットサンドメーカーは、次回からは一分半から二分も焼けば十分。

焼きが入りすぎると、一気に、それこそあっという間にパンが焦げますから要注意です。頻繁にひっくり返しつつ、時々開いて具合を見ながらでいいので、頃良（ころよ）い焼き加減を見つけましょう。

できあがったばかりのホットサンドは猛烈に熱いので、トングでお皿に取りましょうね。

おっと犬山（いぬやま）、簡単ですがタマネギを入れたコンソメスープも作っていました。少しぬるめにしておきました。お供にどうぞ。

こうして、すぐやる部の面々は入れ替わり立ち替わり、好きな具をパンに挟んで焼いて、食べていきます。

初めての沙羅（さら）とエリアスは、時々具を溢（あふ）れさせたり、パンを焦がしたりもしながら、とても楽しそうに作っては食べ、作っては食べ、さらに食べて食べて食べて食べて（エリアス限定）います。

木乃も、好きな具を入れて焼いて食べて、食べて食べて食べて食べて食べて食べ以下略。

こうして、用意した具が、そして何斤あったのか数える余裕すらなかった食パンが全て食い尽くされて、

「ああ、お腹いっぱい……」

「同じくです……」

木乃とエリアスすら満腹感を感じたそのとき、

「おはよー……、ぐっもー……、あー……、おなかすいたー……」

テントから茶子先生が、寝間着らしいスウェット姿で現れてみんなが気付くのです。

ああ、そういえばこの人もいた、と。

すぐやる部キャンプ二日目は、ノンビリと過ぎていきました。

太陽の光がサンサンと降り注いで、まだ空気は冷たいけどぽかぽかする、ちょっと不思議な朝の空気の中、

「キャンプの朝にまずやること。それは〝お布団干し〟だよ」

静の指示で、みんなで寝袋を干すのです。

気付きにくいですけど、寝ている間にかいた汗などで、中はだいぶしっとりしているはずです。

キャンプ最終日なら帰宅後にできるので無理に干す必要はないのですが、今夜も使うのだし、天気もいいし、やれるときにやっておきましょう。

干す場所ですが、高い場所に、例えば木と木の間などにロープが張れればベストです。今回みたいにロープが張れない場合は、テントの屋根や車の上がいいです。

車だったら、ドアを開けばたくさん干せますよ。それらの外側が夜露で濡れていれば（冬はそりゃもう大抵が濡れていますが）しっかりと拭いて、その上に寝袋を広げて干します。

風が強い日は飛ばされないように注意が必要ですが、今日も昨日と同じく微風なのでそこは問題なし。

干している一時間くらいの合間（＝茶子先生の朝食中）、エリアスと沙羅は、二人仲良く散歩＆写真撮影デートに行きました。

念のために、キャンプ場敷地内からは絶対に出ないという条件で（それでも呆れるほど広いですが）。

木乃はというと、低いイスに深く腰掛けて、足を前に投げ出してボーッとしていました。

キャンプ場において、もし何もすることがないのなら——、無理に何かをする必要はないのです。

その場所でノンビリするのもまた、その場所でしかできないことなのです。まあ、自然豊かな場所で日光浴をしている、とも言えます。

外の気温は、太陽のおかげでぐんぐんと上がってきました。木乃はもう、ジャケットを脱いでセーター姿に。

「優雅じゃ……」

木乃が、おばあちゃんとの訓練では決して味わえない幸せを味わっているとき、本来行くべき学校では、授業が始まろうとしていました。

九時を過ぎた頃――、

「さあ、温泉だっ！」

茶子先生が、突然叫びました。

このキャンプ場は通常はお風呂をやっていないので、近くの温泉に行くのがキャンパー達のデフォルト設定。

寒いとはいえ汗はかきましたし、焚き火で髪や服にかなり臭いがついています。ここはサッパリしましょうそうしましょう。

「いいですね。目星は？」

温泉大好き木乃が訊ねると、茶子先生は、

「まっかせてー！　すぐ近くに、すってきな所があるのよ！」

そして部員達に、大小タオルと着替えと貴重品だけを持って、愛車オデッセイに乗るように言いました。

オデッセイは七人乗りです（八人乗り仕様もあります）。余裕で全員が乗れますね。荷物も少ないですし。

最後部の三列目に沙羅とエリアス、二列目に犬山と木乃、運転席と助手席に茶子先生と静が座りました。

全員が収まったあとでエリアスが、

「あのう……、今さらですみませんけど、テントとか荷物とか、バイクとかバギーとか、このままで大丈夫でしょうか？」

少し心配しました。

確かに、いろいろなアイテムが、テントが、割とそのまま放置です。キャンプ場あるあると言ってしまえばそれまでですが、大変に無防備です。

「私のバギーには、隠しキルスイッチ（注・持ち主にしか分からないような電源スイッチ）がありますから、トラックで乗り付けない限りは大丈夫かと思います」

静が言って、

「わたしのバイクも、周囲に銃弾を使った対人地雷的な罠を埋めておきました」

木乃もサラリ。あぶねーよ！　帰ってきたら絶対にすぐに排除しろよ。

ちなみに〝銃弾を使った対人地雷的な罠〟というのがどんなのかというと、底に小さな出っ張りを付けた鉄パイプに、ライフルの銃弾を上に向けて入れて埋めて、上からガッツリ踏むと破裂するという仕組みです。ライフル弾を道で拾っても、よい子は絶対に絶対に絶対に真似をしてはいけません。

さて茶子先生は、

「だいじょぶ！　私が、盗もうとした人に靴下の裏表を一生間違える呪いをかけておいたから！」

そんなことを言って、オデッセイを発進させました。土埃を少し上げながら、ノンビリと走って行きます。


その様子を、西側の山の頂上で、高倍率の双眼鏡で見ている兵士達がいました。

秋冬用の色彩の迷彩服に身を包み、完全偽装で潜む彼等の名は、ＫＡＥＲＥ。

頼りになるのかならないのかよく分からない連中ですが、キャンプ場の荷物の見張り番くらいはできるでしょう。たぶん。

すぐ近く、と言っていた茶子先生ですが、オデッセイの安全運転で到着した温泉は、キャンプ場から小一時間は離れていました。

国道139号線を北に走って、精進湖（注・富士五湖の一つ。一番小さい）の脇から国道358号線へ。

峠を長いトンネルで越えてクネクネ坂道を下って——、たどり着いたのは、甲府盆地を眼下に眺める、じつに見晴らしがいい温泉施設でした。〝みたまんまの湯〟と名前がありました。

露天風呂から見える景色は、それはそれは素晴らしく、夜景も見事な事になることが容易に想像できました。

部員達はそれぞれ堪能して、すっかり温まってサッパリして、腰に手を当てて牛乳を飲んだり、百円を入れたマッサージ機を楽しんだりしてから、オデッセイに戻ってきました。

え？　入浴シーン？

ないよ。

「よかったでしょー？　甲府盆地の反対側にある、〝ほぼそのまま温泉〟も評判よかったんだけどさ、今回は近い方ね。向こうは、いつか行きましょう！」

時間は十一時。

帰りのオデッセイの運転席で茶子先生が言ったとき、ぐー。

後部座席の四人は既に寝ていました。無理もない。

助手席の静だけがキッチリと目を開けていて、話し相手になっています。

「とてもいい温泉でした。ところで先生、いつでも運転は代わりますので、おっしゃってください。初心者マークも持ってきました」

「ありがと、静君。でも今のところは大丈夫。そのために寝坊したしね。みんなは、食事のときに起こそうか」

「なぬっ！　メシっ？」

木乃が起きました。

「もうちょっとかかるわよー」

木乃が寝ました。

昼ご飯は、ちょうど正午頃に、

「逆さです！」

富士山が逆さに見える場所で食べました。

かつての五千円札、今の千円札に描かれている、湖に映る富士山です。

そこは本栖湖（注・富士五湖の一つ。一番西にある）の畔の食事処。キャンプ場の受付も兼ねている建物の中です。窓からも富士山が見えます。

ここ本栖湖の逆さ富士こそが、お札の図柄のモデルなのです。元は富士山をこよなく愛した写真家の撮った、一枚の写真でした。

茶子先生の独断と偏見に基づいたチョイスでここを選び、みんなで、山梨県名物の郷土料理〝ほうとう〟を食べることになりました。味噌味のスープに、もっちりとした極太麵とカボチャなどの野菜が入っています。

「富士山が本当に逆さです！」

興奮する沙羅をよそ目に、木乃は猛烈な勢いで食べ始めて、

「うむ美味い！　もう一杯！」

おかわりを所望しました。

「あのう、僕もいいですか……？」

結局エリアスと二人で、ほうとうをおかわりしまくって合計二十杯は食べて、お店に伝説を

刻み込んでいきました。レジェンドです。

「ここの湖畔のキャンプ場が、最初の候補地だったんだけどねえ……」

茶子先生、湖と富士山を見ながらポツリ。そのさい、店内にあった漫画本をチラリ。

「どうして外したのですか？」

静が訊ねて、

「うん。〝物資の空中投下が極めて難しいっス。池ポチャしちゃうかもしれない〟って空自に言われてね」

そんな理由か。

温泉と富士山と食事を満喫したすぐやる部が、住処であるキャンプ場に帰宅したのが、一三時を少し過ぎた頃でした。

この間ずうっと天気は良く、空気も暖かいです。最高の冬キャンプ日和ですね。

キャンプ場では、少しキャンパーさんが増えているようですね。昨日はなかった場所に、テントがちらほらと。

元の位置にオデッセイをとめてみんなが降りて、

「うむ、何も盗まれてはいないようだ」

木乃は仁王立ちで呟いてから、クロスカブに無造作に近づいていって、

「その前に地雷！」

エルメスに大声で注意されました。

みんなの注目を浴びた木乃が、最近腹話術にハマっていまして、と苦しい言い訳をして、

「その前に地雷！　片付けなくっちゃ～！」

エルメスの声真似をしましたが全然似ていません。

静が、言います。

「みんな、今日の夕餉は早くに始めたいと思う。木乃さんにお願いできるかな？　十六時にはみんなが食べられるといいのだが、どうだろうか？」

「がってんしょうちのすけ。昼ご飯が軽かったからちょうどいいですね」

地雷に使った銃弾をポーチに戻しながら、木乃が答えました。ほうとう十杯は軽くない。

それはさておき、木乃はほぼ食べ尽くされたコンテナの中身を見て、さらに欲しいものをメモして、茶子先生に渡しました。

「はいよー」

茶子先生、それをそのままメール。どこへ？　それは分かりません。市ヶ谷かな。

一時間後の十四時過ぎのこと。

昼寝とか、読書とか、日本刀の鍛錬とか、先生に顎を載せられるとか――、それぞれがノン

ビリと過ごしていたキャンプ場の上空にまたC―2輸送機が飛んできて、

どすん。

別のコンテナが、一つ目のすぐ脇に着地しましたとさ。

「ねえ木乃……、料理……、できるの……？」

十五時過ぎ。

すぐやる部ホームのキッチンに立った木乃に、腰からエルメスが、恐る恐る恐る恐る恐る恐る恐る恐る恐る訊ねました。

「ぬあ？　まあ、わたしも一応女子だし、料理上手なおばあちゃんに、手取り足取り、いろいろと教わったよ。もっぱら野外料理で、アバウトな味付けだけどさ」

「ホントに？　ホントに？　それって……、みんなが、普通に、食べられるもの？　死なない？　誰も死なない？　死なないまでも、いきなり泣き出したり、記憶が飛んだり、別の生き物へと変化したりしない？」

エルメスの心配っぷりはかなりのものでした。恐れていました。緑のストラップが、青ざめていました。

「まあ、たぶん。なんならエルメス、味見してみる？」

「無理言わないでねー。ああ、不安だ……。不安だ……」

そして……。

およそ一時間後……。

「美味しい！　木乃さん！　素晴らしいっ！」

そこには、

「…………」

エルメスにとっては信じられない光景がありました。

まだ夕方の光が残ってそこそこ明るい世界で、タープの下のダイニングテーブルを囲んで、すぐやる部の面々が木乃の作った料理を、

「美味しいよ、木乃さん」

静が、

「大変に美味です。さすがですね木乃さん！」

犬山が、

「木乃先輩、料理上手です！」

沙羅が、

「とっても美味しいです！」

そしてエリアスが食べているのです。しかも美味しいと言っているのです。誰も死んでいないのです。死にそうには見えないのです。かといって、脳がやられたようにも見えないのです。

「どや？」

木乃が腰のストラップを見下して、

「誰だオマエはあああっ？　木乃をどこへやったああああああああっ！」

エルメスは思わず叫んでしまいました。

木乃が作ったのは、決して凝った物ではありませんでした。むしろとても簡単な、誰でも作れるワイルドな野外料理の数々。

では、順番に紹介していきましょう。

一品目の前菜は、〝ローストベニソン〟。

ベニソン（綴りはvenison）とは聞き慣れない英語ですが、これは食用の鹿肉のことです。牛肉をビーフとか、豚肉をポークとかいうのと一緒ですね。

木乃が茶子先生に発注したリストには、〝もし可能なら〟との注意書き付きでしたが、エゾシカ肉のロースの塊がありました。

ちゃんと届きました。新鮮かつ、かなりデカいのがいくつも。木乃の細かい注文通り、オリーブオイルや赤ワイン、摺り下ろしたタマネギや人参でできたマリネ液に一晩漬け込んであります。ついでにそれが入る大きな鍋も。届いたからには使わねばなりません。食べたいし。

木乃は、しばらく放っておいて常温に戻した肉の表面に、これでもかと塩胡椒を、ちょっと引くくらいの分量を使って覆いました。

それから大きなフライパンに牛脂を溶かして、鹿肉の全面をジューっと焼きます。そしてそれを、ラップでグルグル巻きに。最後は口を閉じられるビニール袋に入れて空気をなるべく抜いて密閉して、沸騰している巨大鍋のお湯に次々にドボン。

その後は五分位で火を止めて、上に重石を置いて、肉をお湯の中に沈めておきます。外が寒いのでお湯が冷めてきたら、沸騰よりはるか手前まで再加熱。これの簡単な繰り返しで、三十分位で調理は完了です。中がまだほんのり赤いくらいがいい。もちろん火は通っています。

なるべく薄く切るのがいいので、この工程だけは、木乃は素直に他人に頼りました。そうです、斬るのがやたらに上手な人が、すぐ側にいるではありませんか。

「先輩、お願いしていいですか?」

「あ、ああ……」

頼まれたら断れない静の日本刀が煌めきました。また美味しいものを斬ってしまった。

薄切りにされたローストベニソン、単に塩胡椒を振って食べるだけでも十分イケるのですが、それにかけるソースも、木乃は一応作っておきました。

粒マスタードとハチミツとマヨネーズを、同量混ぜただけのハニーマスタードソース。焼いたときの脂があったのでちょっと和えましょうかね。

こちらもかなりラフです。舐めてみて美味ければそれでいい。

二品目は、そして炭水化物は、〝とうもろこし炊き込み御飯〟。

発注したのは、皮付きのとうもろこし。北海道で言うところの、とうきび。漢字にすると唐黍。あとは米です。大量の白米。そしてお酒と塩少し。

とうもろこしは生のまま、外側の皮をベリベリ。根本は要らないのでバッサリ。

そして、身を全部削ぎ切ってしまいます。包丁をコーン粒の根本に当てると、上からザクザクです。

そして、洗って水に浸けておいた米に、お酒と塩を少々、そして大量のコーンの粒と、剝かれた芯を入れて、ダッチオーブンで炊きます。

それだけ。ただそれだけ。いい出汁が出る芯を忘れずに入れるのが、コツといえばコツなくらいでしょうか。

火加減についても、木乃流炊爨術は凝ったことはしません。

最初に沸騰するまでは強火でガンガンいって、あとは弱火放置で、だいたい十五分くらい。

火を止めたら、蓋を取らずに蒸らし放置です。

アウトドア料理なんて、適当でいいんですよ適当で。芯が残っていたら水を振って追い炊き、焦げていたらそれも味です。結果的にはバッチリに炊けましたが。

炊き上がったご飯は（とうきびの芯は取り出しましょう。食べません）、甘いコーンが一口ごとにお口で弾けます。もそっと味が欲しければ、塩を軽く振ってもいいですね。

禁断のテクニックですが、ここにさらにバターを落として醤油をサッと回しかけたら最強バターご飯の完成ですよ。北海道が口の中に攻めてきますよ。

おかずがなくたって、モリモリいけます。


最後に出された三品目は、〝炭火焼き肉〟です。

大きな炭火用グリルに大量の炭を熾して（これは犬山の指導で、沙羅達が楽しみながらやりました）、その上に網を置いて、しっかり温めて油を少し塗って、あとはそれぞれがいろいろな肉や野菜を焼くだけ。

肉は届いた状態で既に切ってありましたし、味付けも、塩胡椒、あるいは市販の焼き肉のタレです。これを木乃の料理と呼んでいいのかは、冷静な議論が待たれるところです。

肉はそれこそ多種多様。

タン、カルビ、ロース、ハラミ、豚トロ、ホルモン――、焼き肉屋にある種類は全部あるのではないでしょうか？

木乃はハラミが、北海道では〝サガリ〟と呼ばれる横隔膜の部位が大好き。神奈川県は厚木名物、シロコロホルモンもちゃんとありますよ。

地味に美味しいのが、ソーセージです。

普段スーパーで買うような、フツーのものでいいです。フツーで。

それを炭火でじーっくり炙ってから食べると、ご飯何杯でもいけます。ご飯だけでもいけるコーンご飯ですが。

野菜も多種多様ですが、変わったところでは長芋。

皮を剝いて輪切りにして、軽くサッと炭火で焼いて醬油をじゅわっとかけて食べると美味いんですよ本当に。皆様お試しあれ。

基本的に魚介はナシでしたが、辛子明太子だけは用意してもらいました。

辛子明太子を、そのまま炭火で遠火でじっくりと炙るのです。そして、外はカリッと、中は生のダブル食感を味わう一品に。

それをちょいとつまんだ茶子先生が、

「くわーっ！　日本酒が欲しくなるーぅ！」

そう言って唸りました。

しかし今回お酒はありません。ないのです。

メインは以上ですが――、
シェフを任された木乃が、デザートを用意しない、などといったことがあるでしょうか？

いやない。

こちらは一種類ではありません。

まずは〝焼きリンゴ〟。

芯をくり抜いた紅玉に砂糖とバターとシナモンをぶち込んで、アルミホイルにがっちりと包んで、適当に炭の中に放置するだけ。

焼き加減？　好きにしろ。完成まで焼くのだ。できていれば、それが完成だ。木乃は放任主義なのです。

そして〝焼きバナナ〟。

こちらはさらにラフです。黄色い皮が付いたままのバナナを、網の上で焼くだけ。

黒くなって汁があふれ出てきたらそろそろいいんじゃないでしょうか？　火傷しないように

注意して皮を剝いてから、さあお食べ。シナモンシュガーを振っても、大変に美味しいですわよ。

上記二つの焼きフルーツメニューは、上にバニラアイスを載せると、熱冷ミックスでさらに美味いのですが、今回は寒い外なので自重。

そして、焼きデザートで、そしてキャンプ料理で絶対に外せないのが——、そう、〝焼きマシュマロ〟です。

マシュマロのないバーベキューなんて、風呂桶とお湯のないお風呂みたいなものです。

こちらは炭でも焚き火でもいいので、棒（自分の手が熱いので、できるだけ長いやつ）の先に刺して、軽く色が付くまで、中までとろとろに熱が入るまで、クルクル回転させながら注意深く炙ります。自分の分は自分で焼く。独立性を養うために最高のデザートです。

やり過ぎると溶け落ちるか燃えるかするので、集中力が必要です。火が付くときは一瞬で付きますからね。

熱が入りとろーりとしたマシュマロをそのまま食べても美味しいのですが——、ビスケットやクラッカーで、チョコレートと共に挟めば、〝スモア〟という、アメリカ人が四五口径と並んで愛して止まないデザートになります。さらに甘い。だがそこがいい。

チョコレートをたくさん耐熱皿に入れて、グリルの端などで遠火でじんわり溶かして（牛乳か生クリームを少々足し）チョコレートソースにして、それにディップして食べれば焼きマシュマロのチョコフォンデュに。

焼いていないバナナも、輪切りにしてフォンデュってもいいですね。

どれもこれも美味いと皆が楽しんでいる中、おおっとここで木乃が、

「ふっ……」

突然ポテトチップス（注・厚切りで、シンプルな塩味）の袋を開けた！

まさか……、浸ける気か？

ああ！　浸ける気だ！

ポテトチップスを濃厚チョコソースにたっぷりと浸けて、出たあ！　これが禁断の塩甘ミックスだ！

食べ始めたら、全てを食い尽くすまで止められないやつだ！

おおっとそこへ他の部員達の手が伸びる！

伸びる！　伸びる！

十六時スタートで、長い時間をかけて食べに食べて食べまくって、二十時も過ぎた頃。

「今日一日、とっても、とっても楽しかったです！」

焚き火を囲みながら、沙羅が感慨に浸っていました。

「おいおい、まだ終わってないよ」

木乃はそう言うと、新しく焼き上がったバナナを二切れほど沙羅の皿に盛って、

「あはは、頂きます」

沙羅は素直に皿を綺麗にしました。ああややこしい。

エリアスも、

「僕もです！　明日帰るのが寂しいくらいです。最初は不安もありましたが、実際に体験してみて、本当に楽しかったですし、いろいろと勉強になりました。先生、ありがとうございます」

「なあに、いいってコトよ」

茶子先生がふんぞり返りましたが、この人が両親を説得しなければ来られませんでしたからねエリアスは。恩人恩人。

「はいそれじゃ、みんなちゅうもーく！　明日は泣いても笑っても最終日、現実に帰る日だから地元に帰らねば！　今日と同じように早起きして――」

茶子先生は遅かったですけどね。

「帰り支度を始めるわよ！　沙羅ちゃんとエリアス君の二人を早めに帰宅させたいから、ちょっと早いけど九時にはチェックアウト！　時間厳守ね！」

部員達が、頷いていきます。

彼等全員が考えていることは、寸分の狂いもなく、同じ――、〝ならば七時には、茶子先生をなんとしても叩き起こさねばなるまい〟。

「チェックアウトをしたら、そこで現地解散。上級生組は、それぞれの方法で楽しんで帰ってね。あまり心配してないけど、無事に帰宅したら連絡してね」

三人が、うっす、と頷きました。

帰りは富士宮やきそば。帰りは富士宮やきそば。帰りは富士宮やきそば。

木乃の脳内ソース色。

「遊んで食べて、楽しかったようだねえ」

「うむ。苦しゅうない」

「なぜ偉そう?」

クロスカブの脇のシートの下で、コットの上で、木乃は緑の迷彩柄の寝袋に包まって、耳元に置いたエルメスと超小声で話していました。

時間は二十二時。

キャンプ場の夜は早く、この時間になるともう騒ぐ人はいません。いてはなりません。

「ほんと、茶子先生が思いつきを言ったときはどうなるかと思ったけど、普通にキャンプができてよかったよ。まあ……、普通のキャンプなんて、わたしは初めてなんだけど」

　おばあちゃんと一緒のアレは〝修行〟、あるいは〝軍事訓練〟とかですもんね。

「英気を養えたようで何より。学園に戻ったら、また魔物退治の日々だからね」

「え？　違うでしょ、エルメス」

「〝サモエド仮面退治の毎日〟でしょ？　日本語は正しく使いましょうね」

「ま、それでもいいや。あの変態な人、結局は魔物が出てこないと出てこないし」

「そんな些細なことより――、明日のことは大丈夫でしょうね？」

「どのこと？」

「しっかりしなさい！　富士宮市で富士宮やきそば！　ルートと、お店と、お店の情報はできた？」

「そっちはとっくに」

「素晴らしい。これでわたしは、安心して眠れるというヤツだ」

「それじゃおやすみ、木乃。――とその前に」

「なに？」

「今夜は鹿が出ても起こさないからね」

「あはは。エルメス、朝言ったことは、アレはジョークというやつじゃよ？」

こうして――、

木乃(きの)達すぐやる部のキャンプ二日目は終わりました。

翌日、全員は帰ることになります。現実に。

そしてまた、学業に追われる、ごく普通の学園生活の中で、忙しい毎日を過ごすことになるでしょう。

でも、彼等の心の中には――、

とても素晴らしいキャンプの、楽しい思い出が残りました。

すぐやる部は、また一層、結束を強くしました。

キャンプは素晴らしい。

皆さんも、キャンプに行きましょう。

きっと楽しいですよ。

おしまい？

最終章「鹿撃ち」
—Shoot the Deer!—

「木乃、起きて！　木乃！」

耳元で聞こえる鋭い声に、

「カルボナーラが聳え立つ大空……、光る銀河とプリンアラモードは、蕎麦屋で食すミートローフ……」

木乃は意味不明の寝言で答えました。

「いいから起きろ！」

エルメスが叫んだ次の瞬間、
どしんっ！

壮絶な縦揺れが木乃をコットから跳ね上がらせて、

「むぎゃ？」

そしてコットの上に落ちた木乃の上に、クロスカブがゆっくりと倒れてきました。

べしゃ。

「ぐげっ！」

哀れ、クロスカブに押し潰された木乃、

「痛い！　ハンドルが腹に刺さった！」

マジで半べそをかきながら、その下から、そして寝袋から這い出てきました。

その瞬間に、
どしんっ！

二度目の大地の揺れ。立ち上がろうとしていた木乃が、また少し宙に浮きました。

「な、な、何が起きたあ！」

寝間着姿で立ち上がった木乃が、深夜の近所迷惑を顧みずに叫ぶと、

「魔物！」

エルメスが負けじと大声で返して、

「はあ？」

木乃は怪訝そうに返すと、周囲をぐるりと見渡しました。

星が綺麗な空ですが、それ以外はほぼ真っ暗です。まだ夜、それも夜中です。

「今何時？」

「二時半！」

「まったく、エルメスったら丑三つ時に寝ぼけちゃって。ただの地震を魔物と間違えるだなんて」

木乃がそう言うのも無理はありません。再び周囲をぐるりと見渡しましたが、黒い影以外、何も見えません。

「魔物？　どこに？　いないじゃん。地面の揺れももう起きないし。黒い影は、来たときからずっとそこにある、西側の山だし……」

「すぐそこっ！　ってそうか見えないか――」

エルメスが苦々しく言って、木乃に提案します。

「ちょいとポーチの中から、夜間暗視装置出してみて」

「ん？」

木乃が小さなポーチに手を入れて、だいたいポーチの三倍くらいはある夜間暗視装置を中から取り出しました。

これはちょっと不思議な形をした双眼鏡のようなもので、スイッチを入れて覗くと、暗闇の世界を緑の濃淡で見せてくれます。軍隊や変態が使っています。

そして木乃が見たのは、まるで船の煙突のような大きな柱。二百メートルくらい向こうにありました。

「はて？」

明るいとき、このキャンプ場に、そんな柱はありましたっけ？

首を傾げながら見ていると、その柱がぐわっと上に持ち上がって、少し手前に落ちてきて、
どしんっ！

「ぶぎゃっ！」

木乃は三度宙を舞いました。

「なんじゃあ？」

木乃が、柱の上へと暗視装置の視界を上げると、そこには眩しく光る目を持つ顔がありました。

「し、鹿っ？」

そう、鹿の顔が。

木乃は理解しました。柱に見えたのは、鹿の前脚だったということに。

キャンプ場のど真ん中に、高さ百メートルくらいの鹿が一頭いることに。

暗闇の中で山だと思っていた黒い影が、まさにそれだったことに。

「なんじゃこりゃあああああああああああああああ！」

木乃が驚いているとき、さすがに周囲の人達も起きて、テントから飛び出して来ました。とはいえ、まだ地震だと思っているに違いない。

「木乃、照明弾！」

「あいよ！」

暗視装置と交換に、木乃（きの）はポーチから、中折れ式の〝十年式信号拳銃〟を取り出して、空へと一発。

照明弾が炸裂（さくれつ）して、上空に白く眩（まばゆ）い光が生まれました。パラシュートで、ふわりふわりと下りてきます。

そしてハッキリと姿を現す、バカでかい鹿。アホみたいにでかい、鹿。形からして元は子鹿だったようですが、これだけデカければ完全にモンスターです。

広い広いこのキャンプ場でなければ、キャンプ場より大きな鹿だったことでしょう。

「なんだありゃあ！」

「どひゃあああ！」

「逃げろっ！」

周囲のテントから、驚いたキャンパー達が慌てて逃げ出していきます。

木乃（きの）は彼等の助けになるように、手持ちの照明弾を片っ端から連続して打ち上げて、丑三（うしみ）つ時（どき）のキャンプ場を、まるで昼間のように変えました。

ぎゃお。

巨大鹿が、眩（まぶ）しくて頭を振っています。

「なっ、なんですかあれ！」

「ひゃあああ……」

　エリアスと沙羅の、

「なっ――、なんと！　魔物っ！」

　静の、

「んー？　もう朝？」

　そして茶子先生の声が聞こえました。

「ひとまず全員を逃がすよ！」

　木乃はそう言うと、皆のテントの脇へと走り、

「なにー、朝ー？　昼ー？　夜ー？」

　右往左往している茶子先生を捕まえると、

「ほげっ？　むぎゃん！」

　オデッセイの運転席に投げ込みました。

　そして、

「魔物だよ！　乗って逃げて！」

　沙羅とエリアスも。この二人を乗せるのは、

「さあ！　そのままでいいから急いで！」

　静が手助けしてくれました。

真夜中の凍えるような空気の中、三人とも寝間着姿ですがそれはしょうがない。車で暖房をガンガンつけておくれ。

ぶるるん。オデッセイのエンジンがかかりました。

「木乃さん達は？」

エリアスが、後部ドアを閉めるのを拒みました。おっと凄い力だ。金属が軋む音がしました。

「わたしは、すばしっこいから大丈夫。借りたバイクで走り出す」

「ご、ご無事で！」

ドアが閉まり、

はいどう！

木乃がオデッセイの車体を叩くと、弾かれたように走り出しました。

巨大な魔物鹿の反対方向へと草原を疾走し、既に逃げて誰もいない他人のテントを一つぶっ潰しながら、場外の道へと走って行きます。

見ると他のキャンパー達も、それぞれの乗り物で慌てて逃げています。そりゃまあ、そうですよね。

「木乃さんも早く逃げるといい。ここは私がなんとかしてみる」

静がそんなことを言いましたが、この巨体相手に何ができるのでしょう。

「分かりました！」

とはいえ木乃、ひとまず人目のないところで変身したいので、お言葉に甘えることにしました。

照明弾がそろそろ燃えつきようとしているなかで、木乃は倒れたクロスカブを起こすとエンジンをかけて、寝間着とガンベルトのままでヘルメットも被らずに走り出しました。

「木乃！　森の中に入り込んで変身だ！」

エルメスの声に、

「バイクが傷んだら修理代が請求されるかも！」

木乃の腹積もりが炸裂しました。

次の瞬間でした。

最後の照明弾がフッと燃えつきて、白く輝いていた空がまた、漆黒の闇へと戻りました。

クロスカブのヘッドライトだけが、世界を切り裂きます。

「今だ！」

「あいよ！」

とりあえずキャンプ場の場外までは出た木乃、クロスカブを急ブレーキさせてエンジンも切ると、

「よいしょっと」

慎重に、車体をセンタースタンドで立たせました。借り物は雑に扱わない。それが木乃のジャ

ステイス。

さっきは木乃の体と寝袋で受け止めましたから無事でしたけど、また倒して破損でもしたら大変ですよ。困ったことになりますよ。

それを終えてから、木乃は暗闇の中で右腿からモデルガンをサッと抜いて、天に向けてハンマーを上げて、

「〝フローム・マーイ・コールド！　――デーッド・ハーンズ！〟」

猛烈にクールでスタイリッシュな（諸説あり）変身の掛け声と共に、引き金をじわり。

ぽふっ。

キャップ火薬が炸裂する小さな音と共に、暗闇に光が生まれました。

青い光の中で木乃の体からパジャマが消え去って、シルエットで描かれる体が光ってクルクル回っていきます。

謎の方法で実体化するコスチュームが、その体にまとわりついていき、そして大地に立つ、制服とほとんど同じように見えるセーラー服に、下だけジャージの戦う女子高生。

「昼でも夜でも働け！　〝謎の美少女ガンファイターライダー・キノ〟！」

エルメスは労働基準法違反。

さて変身を終えた謎の美少女ガンファイターライダー・キノ（以下〝キノ〟）ですが、

「あんなにデカいのをどうしろと？　いや、普通に撃てば戻るの？」

右手に握られている魔物封印用の、しかし一度の変身で一発だけしか撃てないスペシャル武器、〝ビッグカノン～魔射滅鉄（ましゃめってつ）～〟の銃口をフリフリさせながら訊（たず）ねました。

今は影としてしか見えませんが、暗闇の中で巨体が聳（そび）えています。

腰のベルトにぶら下がるエルメスが、キノの問いに答えます。

「それがねえ、今ネットで探ったら――」

どうやって？

「魔物になった鹿って、人みたいにどこを撃ってもいいわけじゃなくて、額の、両目の間をピンポイントで撃ち抜かないと、戻せないみたいなんだよね」

「えー？　なんでえ？」

「いろいろ調べたんだけど、〝鹿だから〟としか書いてないんだ。しょうがないからネット質問サイトで質問したけど――」

「返答ついた？」

「うん。でも、〝鹿の魔物化だと、それが一般常識です〟とか、〝一時期、仕事の関係でフランスに住んでいましたが、欧州でもそうです〟とか、〝失礼ですが質問者はお幾つでしょうか？小学校の算数の時間で、そのあたりのことは習いませんでしたか？〟とか返事されて、どれをベストアンサーにするか本気で三日くらい悩んだ」

「なんてこった……」

キノは言いながら、ビッグカノンは一度ホルスターにしまって、ポーチから出した黒い軍用ヘルメットを被りました。

別に頭を防護したいわけじゃなくて、ヘルメットのおでこの上あたりに、暗視装置のアタッチメントが付いているから。

暗視装置をそこにワンタッチで取り付けて、可動式のアームを下ろしてくると、ちょうど目の前に対物レンズが保持されるという寸法です。

装置一式が重いので、けっこう首が疲れますけれど、これで暗闇でもひとまず両手がフリーになって戦える。

キノがそう思った瞬間に、

「大丈夫か謎のキノ！」

とんでもなく眩しい光がキノを豪快に照らして、暗視装置の安全装置が働いてシャットダウン。

「うおっ！　眩しっ！」

キノから視界を奪っていきました。

新しい魔物の出現かと思ったキノですが、暗視装置を持ち上げながら、そして光から逃げるように回り込むと、そこに停まっていたのは一台のバギー。

静が乗ってきた、アリエル・ノマドです。

ヘッドライトをハイビームにして、さらにルーフの上の追加ライトまで全部点灯して、まるで一人エレクトリカルパレードです。

運転席に乗っているのは、

「まーた……、オマエか……」

白い学ランに白いマント。白い仮面で目をかくし、頭には白い犬耳をつけてその間に赤いリンゴを載せて、腰に日本刀を差した男。

目の前を、ハトがスローモーションで横切るかと思いましたけど夜なので無理でした。鳥目に無理はさせない。それが彼のジャスティス。

そう、彼こそ正義の使者、サモエド仮面！

キラリと光る白い歯。その口から発せられる言葉は、

「どうもー。サモエド仮面です」

軽いな今回は。お尻にアルファベットも付かないのか。さてはネタ切れだな。

キノはとりあえず、ポーチから出した〝Ｍｋ46〟と呼ばれる分隊支援火器（注・乱暴に言えば小型のマシンガン。Ｍｋ46はミニミという銃の改良バージョン）の装填レバーをガチャンと引いて撃てる状態にしました。とりあえずサモエド仮面を撃ってやろうと思いましたが、

「くっ！」

彼奴が勝手に乗り回している、静先輩の大切なバギーに穴を開けるのは憚られました。

「おいこらサモエド仮面！　人の車を盗むな！」

銃口を下ろしたキノが本気で怒鳴ると、

「だから、私が静だってばさー」

「信じられるかボケ！」

「だって、隠しキルスイッチの場所知っているのは私だけだよ？」

「何度そのクソつまらない冗談を繰り返すつもり？　クソっ！　暇がない！　車は無傷で返せよ！　あと、あとで撃つ」

そんな抹殺宣言だけしておきました。

どっしん！

魔物鹿が、新しい一歩を踏み出しました。

そうやって表現すると何か凄いポジティブな行動を取っているように読めますが、実際にはキャンプ場をぶち壊しかねず、へたすれば自分達だって踏みつぶされてぺちゃんこになるという恐ろしいアクションです。

キノはまたも宙に舞いましたし、バギーですら少し浮かびました。

「何をしている？　謎のキノ。さっさと撃って封印してしまえ。こんな素敵なキャンプ場を長らく営業停止にするつもりか？」

普段は邪魔ばかりしている男に言われると、

「あ、あんたが言うか……？」

いつも冷静沈着で温厚な（諸説あり）キノでも脳の血管が切れそうになります。

エルメスには脳はないので、冷静でした。サモエド仮面に言います。

「いつもとは違って、高い場所にある額に撃ち込まないとダメなんだよ」

「なんと！　よろしい、ならば私が——」

「その刀で、魔物鹿の脚でも切り落としてくれるの？」

キノが、ほんの数ミリの期待を込めて問いました。

「大声で応援しよう」

「帰れ」

・

キノが正直な気持ちをサモエド仮面に伝えているとき、

「ここまで来れば安心かしらねえ」

国道まで走ったオデッセイの中で、寝間着のスウェット姿の茶子（ちゃこ）先生が言いました。

夜中で寒いので、オデッセイは暖房全開です。やっとエンジンも暖まってきて、勢いよく温風が吹き出してきています。

「先輩の皆さん、大丈夫でしょうか？」

沙羅の心配に、

「まあ、逃げ足が速い人達だから大丈夫でしょう。今までもそうだったし」

「そうですね……」

車が、見晴らしのいい場所に来ました。

キャンプ場から国道を走る車の灯りが流れ星のように見えるところがあるのですが、ここがまさにそうでしょう。なぜなら、キャンプ場が眼下に見えるから。以上証明終わり。

空中に、またも照明弾が光りました。

そして、路肩に止まったオデッセイの窓からも見えました。広いキャンプ場のど真ん中に聳える、呆れるほど巨大な鹿が。

それは、完全にスケール感を間違った模型のジオラマのようです。

「大きい……」

沙羅が思わず漏らして、

「ほんと、泊まったのがあのキャンプ場で良かったわー。湖畔の方だったら、みんな潰されていたわね」

茶子先生、どういう意味ですかねそれ？

そして茶子先生は、オデッセイのグローブボックスから小型の双眼鏡を取り出しました。富士山の五合目で使ったやつです。手ぶれ防止機能が付いた、かなり高性能なものです。

そして、キャンプ場を見ました。

「おお、さすが正義の味方」

そしてそんなことを言いながら、沙羅に渡します。沙羅が覗いてみると、

「あっ！　謎の美少女ガンファイターライダー・キノさん！」

そこには、魔物鹿の足元でちょこまかと逃げ回っている、正義の味方の姿がありました。双眼鏡でも小さいですが、見慣れた姿なのでよく分かります。

「さすがに登場が素早い！　もう任せて大丈夫でしょう！」

呑気に言った茶子先生ですが、双眼鏡を目から外した沙羅が、とてもとても不安げに言います。

「でも、あんなに大きな魔物、どうなるんでしょう？」

「それは——、どうにかするでしょう。たぶん！」

沙羅、まったく不安が解消されませんでした。

「………………」

ずっと黙っていたエリアスですが、突然オデッセイの後部ドアを開けました。

「えっ？」

驚く沙羅に、

「と、と……、トイレっ！」

そう言い残して、エリアスは飛び出していきました。

「………………」

呆然とする沙羅に、茶子先生が言うのです。

「男の子はいいわよねえ。そのへんでできるし」

「これ、どないせいっていうんじゃああああああ！」

照明弾の光の下で、キノが右往左往していました。

魔物鹿の動きは鈍く、どうしたらいいのか本人（本鹿？）にも分かっていないようで、時々地団駄を踏むようにその場でドスンドスンと脚を踏みしめるだけですが——、それに巻き込まれたら間違いなくぺちゃんこなので怖いです。

そして、ビッグカノンで狙うべき急所は遙か上空。

ここからでは、まったく見えません。まあ、見えたとしても、拳銃であるビッグカノンでは狙い撃ちがちょっと無理な距離ですが。

ぱぱぱぱぱぱぱぱぱぱぱぱぱん。

キノは足をMk46でフルオート射撃してみましたが、これだけデカい足が丈夫でないワケがないので、5・56ミリNATO弾など、水飛沫のように弾かれました。痒みすら感じていないでしょう。

サモエド仮面が、

「しょうがないやってやるか。ちぇすとおおおおお！」

気合いと共に大ジャンプをして、魔物鹿の前脚へと斬り掛かっていきます。

バッサリ！

その脚を、脛の辺りを長く切り裂きました。さすが日本刀。恐るべき切れ味。

そして、

「ぬう……。これはいかん……」

着地したサモエド仮面が、彼にしては珍しく重苦しい口調で言いました。

キノにも見えました。長くバッサリと斬ったはずの傷口が、逆再生のようにスルスルと塞がっていくのを。なんという治癒力。

「自然に生きる動物の逞しさだね、キノ」

エルメスが、動物番組のナレーターのように言いました。そんな場合か。

キノは次々に照明弾を打ち上げながらも、結局それ以外何もできずにいました。

「謎のキノ。これは各個で攻撃しても無理だ。協力だ！　協力なくては倒せない！」

サモエド仮面が言って、

「んなこた分かってるっ！　その心積もりだから、その方法をとっとと考えなさいよ！」

キノ、思わず返事が荒くなります。えっと、協力の心は？

サモエド仮面、考え始めました。

土の上に胡座を組んで、両手の人差し指を舐めて、その指で頭の上でクルクルと二回転指を回してから、手を組みました。

ぽくぽくぽくぽく。どこかから聞こえてくる謎の木魚の音。

チーン。

「閃かない！」

そのサモエド仮面に向けて振り下ろされる、魔物鹿の前脚！

「ちっ！」

キノは、ポーチから出したAA12自動連射式ショットガンを撃ちまくりました。サモエド仮面めがけて。

いつものように、懐から取り出したトマトと刀で、重い十二ゲージのスラッグ弾（注・散弾銃で撃つ一発弾。とても大きくて重い）を受け止めたサモエド仮面、その反動を逃がすことで、まるで吹っ飛ばされるように横に移動することができました。

ずしんっ！

おかげで、サモエド仮面はどうにか踏みつぶされなくて済んで、

「ありがとう謎のキノ！　そうか私を愛しているのだな！」

「寝ぼけるな！　一人だと倒すのが厄介だから助けただけだ！」

「あらやだツンデレ？　素直に……、なれよ……」

「ムカ」

どかどかどかぐしゃぐしゃぐしゃ。

キノはサモエド仮面の顔めがけて数発撃ち込みましたが、弾かれるだけでした。トマト農家に謝れ。食べ物を防弾に使うな。

ＡＡ12をポーチにしまうと、キノは〝パンツァーファウスト3〟、対戦車兵器を取り出しました。

そう、以前に、イーニッドが来たときの騒ぎの最中にサモエド仮面に向けてぶっ放したアレです。

肩に載せて使う、巨大なロケット弾を撃ち出せる、キノの手持ちでは、恐らく最大威力の火器。

「これなら、脚を一度くじく位は、できるかもしれない……」

「ナイスアイデアだ謎のキノ。それに合わせて、私も今一度斬り込む。今度は連続三十二斬撃だ。前回の山ごもり中に、通信教育で会得したカタナスキルだ」

そいつは凄い。というか山の中でネットで学ぶんだ。

しかし、

「二本の脚だけではダメだ。どこを狙っても、別の二本で支えられてしまえば意味がない」

悔しいですがサモエド仮面の言う通り。

四つ足動物のバランス感覚を舐めてはいけません。前脚二本にダメージを与えても、後ろ脚二本で堪えきる事でしょう。前後逆もまた然り。最低でも三本、できれば四本同時に、一瞬でもいいから力を奪いたいものです。

「くう、誰かいないのかっ！」

正義の味方の少女が叫んだとき、

「お待たせしました！」

聞き覚えのある声がしました。

それは、今まで何度も危機を救ってくれた、謎のサングラス男の声。

「ワンワン刑事さん！」

キノが振り向くと、髪の毛と皮膚以外は黒一色の男がいました。夜なのにサングラスを外さない、それがワンワン刑事。

「ふっ！」

ワンワン刑事は黒いコートの裾から、〝ＭＧＬ―１４０〞六連発式40ミリ口径グレネードランチャーを滑り落として握りました。でっかい回転式弾倉に、グレネード弾を六発収めた凶悪武器です。

「よし、行ける」

キノは満足げに頷きました。十二発の連続グレネード攻撃なら、脚をくじく威力は十分でしょう。

「僕が、後ろ脚を引き受けましょう！　二人は前脚を！　同時攻撃です！　ここで潰すんです！　タイミングを間違えないように！」

「了解！」

キノが、

「頼んだぞっ！」

サモエド仮面が言いました。なんという美しい協力体制の確立でしょうか。

そのとき、ワンワン刑事は思っていました。

後ろ脚の攻撃のタイミングを、同時ではなく、少し早めてやる、と。

そうなるとどうなるでしょう？

後ろ脚が先にダメージをくらい、そこにサモエド仮面が斬り込んだら？

　巨体は当然、ぺちゃんこにならずに前へと倒れていきます。

　遠方からのロケット攻撃のキノは巻き込まれませんが、斬撃である以上、サモエド仮面はすぐ近くにいなければいけないわけで、

「ふふ……。ペッチャンコ……」

「何か言った？　ワンワン刑事さん？」

「いえ、何も。――準備はできました。カウントどうぞ！」

「よーし。ゼロで攻撃ね。いくよー、五！」

　キノが、パンツァーファウスト3を肩に載せて、安全装置を外しました。

「四！」

　サモエド仮面が、必殺技の構えでしょうか、片手に日本刀を持ったまま、背中に担ぐように後ろへ回しました。

「三！」

　ワンワン刑事が、MGL—140を両手で持ち上げながら、後方へと素早く下がって行きました。

「二！」

　キノの目がスッと細くなって、引き金に指が触れました。

「一！」

ワンワン刑事が発砲しました。

ぼぼぼぼぼぼ。

グレネードが連続で撃ち出されて、

「ゼロっ、って早いっ！　早いよっ！」

キノは驚きつつも、パンツァーファウスト3をぶちかましました。

撃ち出された弾頭は、魔物鹿の右前脚に吸い込まれていきます。そして爆発。

少し前に、十二発のグレネードは右後ろ脚で、連続で炸裂していました。

そのタイミングで、脚へとジャンプしていたサモエド仮面が斬撃を開始して、

「ぬう！、これは――、いかん！」

しかし、もう間に合いません。

斬撃を開始した以上、この必殺技は、しっかりと三十二回、キッチリ斬り込むまでは終えられません。そういうルールだと、通信教育のホームページに書いてあったからです。

「ぐうっ！　二十七、二十八、二十九――」

サモエド仮面は自分の限界まで斬撃の連続速度を早めたのですが、

「三十一！」

その瞬間、魔物鹿が倒れてきました。

空中で剣を振るう自分の方へ。

「三十二！」

つまり、最後の斬撃を終えた自分へと。

「のわあああああ！」

もう、避けられません。

それはまるで、高層ビルが倒れてくるようなものです。

このまま着地をした瞬間に、そこに襲いかかる何百トンあるか分からない巨体。

これを支えるのは、もう無理でしょう。ほんの一瞬の隙でもあれば、着地と同時に横っ飛びで避けられるかもしれませんが。

しかし、謎のキノはロケット弾を撃ったばかり。次の攻撃を用意する時間もなく、

「ふっ、ここが、私の死に場所か……」

サモエド仮面の口元に、小さな笑みが浮かびました。白い歯が光りました。

「ハトを連れてこなくてよかった……」

それが、彼の最後の言葉に——、

「あぶなーい！」

なりませんでした。

どこからどれほどの速度でやって来たのか、倒れてくる魔物鹿の下に入り込んだのは、

「エリアス君！」

なんと可愛い寝間着姿のエリアス。

キノビックリ。超ビックリ。

「なっ！」

サモエド仮面もかなり驚愕。

「たあああああああああ！」

エリアスは、丸太を持っていました。

小さな体の両脇に抱えているのは、直径数十センチ、長さも十メートル近い杉の木の丸太。

そう、林業の木材置き場にあったもの。これが伏線回収というやつです。

エリアスが、倒れてくる魔物鹿の下で二本の丸太を立てると、それがちょうどつっかえ棒のような役目を果たして——、
ぐぎっ、ばきばきばきっ！

僅か1・3秒で粉々に砕け散りましたが、その短い時間が、サモエド仮面を救いました。

「はっ！」

彼は着地と共に美しい横っ飛び。マントが棚引く音が聞こえました。

「ひゃあ」

エリアスはというと、丸太を置いたらすぐさま逃げていきました。

どっしいいん！

魔物鹿の胸が、大地に激突して揺らして、

ずどおん！

首が、そして顔がさらに激突しました。

このとき発生した地震は、静岡県と山梨県、そして神奈川県に緊急地震速報を発令するほどのもので、

『震源は地表』

というほとんど聞いたことがない発表をして気象庁の歴史に新たな一ページを刻むことになりました。

揺れで五メートルくらい空を舞っていたキノへ、

「今だ！」

エルメスが叫んで、

「簡単に言ってくれなさんなエルメスさん。空中で撃つのは、すっごく難しいんだぞ？」

キノはビッグカノンを抜いて撃ちました。同じ高さにあった、大きな鹿の眉間めがけて。サラリと。

そして命中させました。

事態が収まってみれば――、

広いキャンプ場の草原には、魔物鹿の巨大な足跡が幾つか残されて、その脇に、一頭の可愛らしい子鹿が横たわっていました。

キノが追加した照明弾に照らされるのは、生まれて半年ほどのニホンジカ（ホンシュウジカ）のメスの子供です。

気を失っているようで、草地でごろんと横になっていました。見たところ、どこにも怪我はないようです。

「どうして、こんな子鹿が魔物に？」

エリアスが言いました。

「分かりません」

ワンワン刑事が言いました。計画の失敗で内心猛烈に悔しい思いをしていますが、それをおくびにも出さないのが彼です。ちなみに〝噯〟とはゲップのことです。こんな字を書くんですね。

ちょっと危なかったサモエド仮面とキノも、

「…………」

「…………」

黙って見下ろしていました。

二人は、分かっています。この子鹿が、何かを渇望していたことが。

そのときです。蹄の音が立て続けに聞こえてきたかと思うと、キャンプ場脇の森の中から、鹿の群れが近づいて来ました。

「っ！」

思わず構えてしまうキノ達ですが、およそ十頭の普通の鹿の群れは、真っ直ぐ子鹿へと近づいて来ました。

ゆっくりと身を引いて、止めてあったバギーの後ろに隠れたキノ達の前で、子鹿は母親らしい鹿に舐められて、そして目を覚まし――、

「あ、良かった」

立ち上がると、群れの中で守られるようにして、歩き出しました。

「良かったね。でももう、魔の誘いなんて乗っちゃ駄目だよ」

キノが優しく、そのお尻に話しかけます。

その言葉が聞こえたのか、脚を止めて振り向いた子鹿に、キノは最後まで優しい言葉をかけ続けました。

「今度森で出会ったら――、狩るか狩られるか、だからね」

「さあて、私はこの車を、静という人に返しに行かねばならぬ」

サモエド仮面、ひらりとマントを翻すとバギーに乗り込みました。そして、

「改めて、助けてくれてありがとう金髪の少年。君の素晴らしい勇気……、しかと受け取った。鹿だけに」

やかましい。

キノのテレパシーは届かなかったようです。

「どういたしまして、サモエド仮面さん。お気をつけて」

人のいいエリアスは、ぺこりとお辞儀までして見送りました。

バギーが、ライトをビカビカと光らせながら、走り去っていきました。

「さて、僕もこれで。魔物はすぐに察知したのだが、横浜からここまで来るのに時間がかかってしまった。すまない」

ワンワン刑事が言いました。キノはそんな彼に優しい笑顔を向けて、

「いいよ。ありがとう。惜しかったね」

「………。ふっ」

サモエド仮面を潰せなかったことを、分かっていたんですねキノも。それはエリアスには言えませんね。酷いヤツらですね。

「では」

微笑みながら踵を返したワンワン刑事、あっという間に森の中へと走っていって消えました。なんという足の速さ。犬かよ。

「さあて、エリアス君」

キノは、照明弾の灯りの中で、エリアスと向き合いました。

「はい。謎の美少女ガンファイターライダー・キノさん」

「よくやった！　よくやったけど、ちょっと危なかったぞ」

「はい……。すみません……」

「でも、よくやった！　うんうん」

「ありがとう、ございます。——へくちっ！」

エリアス、ここに至ってようやく寒いということを思い出したようで、可愛いクシャミをしました。

クシャミでつむった目をエリアスが開けたとき、

「あ——」

そこにはもう、誰もいませんでした。

照明弾が、最後の輝きを見せながらゆっくりと降ってきます。

「…………」

エリアスが微動だにせず、誰もいなくなった、そして白く照らされるキャンプ場を眺めていました。

その背中の後ろで、コッソリとキノが、抜き足差し足で去っていきます。

種を明かすとこんなものです。


騒ぎが収まった深夜三時のキャンプ場に、逃げた人達が、三々五々戻ってきました。

彼等は口々に、何が起きたのかと話して、

「ビルのように巨大な子鹿を見た」

「戦争映画に出てくる銃撃のような音を聞いた」

「小柄な人影が巨大な丸太を二本持って猛烈な速度で走っていった」

などと口から出たので、

「全員で悪い夢を見たのだ」

「昨夜、酒を飲み過ぎた」

そう思い込むことにしました。

そして、無事だったそれぞれのテントに戻っていきました。一つだけペッチャンコだったので、その持ち主のカップルだけは、涙目で車の中で寝ることにしました。

そして、だいぶ遅れて、オデッセイも戻ってきました。茶子(ちゃこ)先生の運転で。

戻ってくる途中で、

「心配かけてすみません！　大きい方をしていました！」

恥ずかしそうに言いながら戻ってきた、エリアスを乗せて。木乃にやり方を教わっていたというのが、伏線として機能しています。

「よかった、テントは無事みたいだねえ」

オデッセイのヘッドライトで照らされた我が家は、どうやら踏み潰されずに済んだようです。タープのポールが振動で外れてべっちゃりと潰れていましたが、その程度で済んで良かったです。

おっとビックリ、焚き火台に火が付いていますよ。

寝る前に確実に消したので、誰かが再着火したのでしょう。

そして、その周囲に座っていたのは、木乃と静と犬山ではありませんか。着替えて暖かそうな格好です。

「お待ちしていました。火を熾しておきました」

静が言って、エリアスと沙羅が遠巻きに当たりました。まあ暖かい（注・パジャマは化繊ではありません）。

茶子先生も、両手を火にかざしながら、

「うんうん気が利く。みんな無事で何より」

まずはそんなことを言ってから、

「最後にとんでもない騒ぎに巻き込まれたけど、なんとか無事に終われそうね。最後にみんなに質問。キャンプに来て、どうだった？　部員達の結束、強まった？」

突然、先生みたいなコトを言い出しましたよ。あ、そういえば先生だった。忘れてた。

「はいっ！　もちろんです！」

即答したのは沙羅で、

「僕もです！　そしてとてもとても楽しくて、勉強になりました！」

エリアスが続きました。

「うんうん、よしよし。木乃さんは？」

「え？　その……、まあ、それなりに」

木乃の答えに、

「それでもよし！」

茶子先生は及第点を出しました。

犬山と静は、狙ったのかそうでないのか、いえ、きっとタダの偶然なのでしょうけど、

「いつも通りですよ」

同じ言葉で声を揃えました。

お互いばつの悪そうな顔をしましたが、それ以上の発言はしませんでした。

静は、優等生的に、いつも通り絆は深い、と言いたくて――、

犬山は復讐者として、いつも通り絆などない、と言いたかったのですが――、

「ならよしっ！」

茶子先生は、とっても爽やかな笑顔を二人に向けたのでした。

「じゃあ、少し暖まったら寝直して、明日は早く起きましょう！」

茶子先生がそう言って、しかしみんな焚き火を楽しみすぎて寝袋に戻るのが遅れたので、翌朝は全員で寝坊して昼までグースカしていたので、計画出発時間に遅れましたが、それはまた別の話。

「富士宮やきそばーっ！」

「はいはい。レンタルバイク返却時間に間に合わなくなるからね。急いで帰ろうね」

おしまい

「本当のあとがきの話をしよう」
——the Preface——

【登場人物】

●時雨沢恵一（しぐさわ・けいいち）

『学園キノ』を書いた人。このシリーズは二〇〇三年に電撃文庫が出した公式海賊本冊子に収録された第一話が初出なので、なんと十八年前のこと！　今ちょっと計算間違っていないか悩んだ。文庫①巻は二〇〇六年発売だから、それでも十五年前って……。そりゃあオイラも歳も取るさ。途中八年間も刊行がなかったこともあったけど、わたしは元気です。

「思えば遠くへ来たもんだー」（本人談）

●雨沢恵一（あめさわ・めぐみはじめ）

時を奪った存在、と書くと超格好いい気がするけど、実際は単なる誤植だったのがこいつの出自。このコーナーの聞き役、あるいはツッコミ役として登場する。①巻では宅配ピザを電話で注文していたけど、今はネットでポチッとできる時代になった。
「十八年後はどうなっているかなー？」（本人談）

@ごあいさつ
時雨沢「皆様こんにちは。作者の時雨沢恵一です」
雨沢　「雨沢です」
時雨沢「二〇二一年の夏、読者の皆様は、いかがお過ごしですか？　私は暑くてグロッキーです。外出たくない。いやマジで」
雨沢　「って、まだ夏でもないときにこの収録しているんだけど、言い切っていいのか？」
時雨沢「いいんですよ。どうせ夏は暑いに決まってる」
雨沢　「さよけ」
時雨沢「私はうだるような日本の（本州の）暑さが、それゆえに夏が大の苦手でしてね。『時雨沢百人に聞きました・好きなシーズンランキング』では、夏はいつも九十八位という低い位置ですよ」
雨沢　「どこの惑星に住んでいるのかお前は」
時雨沢「と、ここまで来た時点で、私、一つ気付いた」

雨沢　「何に？」
時雨沢「この本の発売日、五月だったことに！　七月は別の本だった！　てへっ！」
雨沢　「ここまで消費した酸素を返せ」
時雨沢「ならまだ茹だるほど暑くはないね！　新緑が輝くいい季節だっ！　皆さん、驚かせてしまってすみません！」
雨沢　「ここまで消費した時間を返せ」
時雨沢「それはさておき」
雨沢　「さておくのか」
時雨沢「『学園キノ』⑦巻、出ましたよ！」
雨沢　「このコーナーが読まれているってことは、間違いなくそうだな」
時雨沢「というわけであとがきです。あとがきコーナーがないことはない」

@二年ぶりですわね
時雨沢「さて⑦巻ですが、前の⑥巻が八年ぶりに出たのが二〇一九年なので、比較的早いペース！」
雨沢　「毎年出していた頃に比べると二倍の遅さだが」

時雨沢「それは言わない約束でしょ？」
雨沢「そんな約束してないでしょ？」
時雨沢「とはいえ、この原稿を書いたのは二〇一九年だったりするんですよねえ」
雨沢「ん？」
時雨沢「ちょいと説明させてくださいな。これはもう、作者とごく一部の関係者しか知らないことです。ええ。これまでずっと、秘密にしていた事柄……。明日の朝学校でみんなに話したら……、クラスが、四時間目の終わりまでずっとざわめくような……」
雨沢「勿体振ってないで言え。あと、ざわめきすぎだそのクラス」
時雨沢「へえ。実はですね、⑦巻の原稿って——、本当は⑥巻に、一緒に収録されるはずだったんですー！」
雨沢「な、なんだってー！」
時雨沢「驚きありがとうございます。⑥巻は皆さんご存知の通り、フォト編がメインなのですが、そのあとに、⑥巻の後半に載せるつもりで書いた原稿だったのです！」
雨沢「で、なんでそうならなかった？」
時雨沢「ページ数多すぎた」
雨沢「ダメじゃん」
時雨沢「まったく誰のせいなのか……」

雨沢　「お前だよ？」

時雨沢「はいスミマセン。だから、二〇一九年には原稿ができていたのに、収録を諦め、そのかわりに⑥巻の後半には、あの話が入ったのだな。スケジュールがタイトな中、急いで書きました！」

雨沢　「まあ、あの話が世に出たきっかけがそれなら、結果オーライかな……」

時雨沢「私が一番言いたかったことはそれよ」

雨沢　「乗るな」

時雨沢「そして、この原稿ですが、実はインターネットでは掲載されていました。私が所属する『ⅡⅤ（トゥーファイブ）』というブランドのウェブサイトで、無料連載されていたんです。そこで読んでくれた方、ありがとうございました！」

雨沢　「そして文庫化ってことか」

時雨沢「さいです。文庫化にあたっては、細かい所を直しましたよ。ウェブ掲載版では木乃達が劇中で使った商品が実名で登場していたんですが――、そこは今回修正しました。二年経って登場アイテムが廃番になったことや、特定のアイテムではなく好きなものを選んで欲しくなったもので」

雨沢　「ふーん」

時雨沢「ただし、今までの『学園キノ』と同じく、〝銃の名前〟、〝車両の名前〟はそのままです。よろしゅうお願いします。また、モデルにさせていただいた施設名は、ぼかしました。でも、分かる人には分かってもらえるかなあと」

@こんどはキャンプだ!
時雨沢「さてさて、あとがきの常として内容のネタバレに触れませんが――、⑦巻は一冊まるごとキャンプ編です! って、これくらいは言ってもいいよね?」
雨沢「まあ、タイトルに書いてあるからな」
時雨沢「学園を飛び出して、みんなでワチャワチャと楽しくキャンプに行く話です! そういうのが好きな人の為に書きました! 嫌いな人は――、ごめんなさい!」
雨沢「キャンプ、今この国で、すっごく流行(はや)っているんだってな」
時雨沢「Yes!」
雨沢「なぜ英語?」
時雨沢「キャンプブームらしいですねえ。私はブームがあろうがなかろうがキャンプは好きなのであんまり気にしたことはありませんが」
雨沢「いつからキャンプやってたの?」
時雨沢「よくぞ聞いてくれました。小学校一年生の時から」

雨沢　「若いな」

時雨沢「若さ故の過ちってヤツですよ」

雨沢　「意味が違う。あと、それが言いたいだけだろ。もちろん一人ではなかったとは思うが、家族と一緒とか？」

時雨沢「うんにゃ。ウチのファミリーでは行ったことがない。児童向けのクラブですな。制服があって規律がしっかりしているボーイスカウトとは違う、もっと〝ゆるい〟アウトドアクラブがあったんですわ。そこに所属していた」

雨沢　「へー」

時雨沢「で、友達が誰も入っていなかったので、常に一人で参加していた。人見知りをする今では考えられないんだけど、子供の頃の私って、そのへん何も気にしなかったみたいでねえ。参加中は同じグループの児童と仲良くやっていた。今では考えられないんだけど」

雨沢　「二度言ったな」

時雨沢「大切だから。で、そのクラブで、キャンプは何度も行った。夏休み中に、五日間くらい。行き先は山だったり海だったり。テントを張って宿泊。冬に雪国に、雪遊びをしに行くってのもあったな。それはさすがに宿だったけど。こうして、小学校六年間の間、ほぼ毎年、何かしらのキャンプに行っていた」

雨沢　「ふーん」

時雨沢「そこでテント泊のやり方とか、寝袋の使い方とか、焚火のやり方とかを、習えたんだな。楽しかったなあ。大自然の中で寝る不便さと楽しさ、怖さと気持ちよさを体験できた。一番思い出深いこととして、小学校二年生の時にナイフを使わせてくれたってのがある。小型ので――、雨沢よ、〝肥後守〟って知ってる？」

雨沢「知らんなあ」

時雨沢「ググれ！　――というのは冗談として、肥後守とは、金属板を曲げた柄を持つ、折りたたみ式の小型で安価なナイフの総称。日本には戦前からあって、鉛筆削りがない時代は、子供達はみんなそれで削っていたそうで。私は学校では使った世代ではないんだけどね」

雨沢「いきなり歴史の授業が始まってしまったぞ」

時雨沢「その後、肥後守は鉛筆削りやカッターナイフの発展、普及と、〝子供達に刃物を持たせるな〟的な運動で廃れていったわけでした。――さて歴史はさておき、それをキャンプに持ち込むように指示があった。幼い頃に刃物を使わせてくれたということは、私には嬉しかったなあ。もちろん、リーダーの厳しい指導と監督の下で、だよ。使う前にがっちり言明されたもん。〝もしナイフをふざけて使ったり、たった一瞬でも人に向けたりしたら、その瞬間に家族に迎えに来てもらって、家に帰ってもらう。どんなに謝って反省しても例外はない〟って」

雨沢「そりゃビビるな」

時雨沢「全員ビビった。使い方間違ったらそこでキャンプ終了ですよ？　リーダー、キャンプがしたいです！」

雨沢　「そんな昔から『スラ〇ダンク』は人気だったのか。流石だ」

時雨沢「〝刃物が危ないのではない。間違った使い方をする人間が危ないのだ〟ってことを学べた、最高の機会だったなあと今でも思うわ。そしてこれは、その後使うようになった〝バイク〟や〝車〟や〝銃〟という道具達全てに共通していることだった。すなわち——」

雨沢　「キャンプ話に戻れ」

時雨沢「あ、はいな。そんで、そのキャンプで一人一匹、獲れたての魚が用意された。指導の元、子供達が自ら鱗を取って、内臓を取って、焚火でアルミホイルに包んで焼くところまでをやらせてくれたんだ。もちろん食べた」

雨沢　「さぞ美味かったろうな」

時雨沢「いや、私、昔から魚の骨が苦手でな……。頑張って全部食べたけど……」

雨沢　「ダメじゃん！　いい話じゃないの？　そんなオチ？」

時雨沢「まあまあ。というわけで、キャンプは幼い私には全然珍しいことじゃなくて——、まあ、〝家族と毎週行っています〟なんて人には負けるけどね。数々の、とても貴重な経験をさせてもらったなあと、今でも思ってる」

雨沢　「にゃるほど」

時雨沢「なぜ猫？　ほんで、中学高校時代は受験とかお金がないとか足（乗り物）がないとかで、そういうのにまったく行けなくなったので、しばしキャンプから離れていたけど、大学でバイクに乗るようになって、キャンプツーリングとして復活。キャンプすれば楽しいだけでなく、宿代も節約できるからね」

雨沢 「フーン」

時雨沢「北海道ツーリングでのキャンプとか、楽しかったなあ。当時はガレージセールで買った激安テントにペラペラシュラフと、実用最低限の装備だったけどさ。湖畔のキャンプ場で蚊の大軍に襲われてテントから出られなくなったり、夏なのに寒くて震えたりしたっけ。その後のアメリカ留学中は、大自然ど真ん中のキャンプ場に泊まれて凄く興奮した。あと、これはバイクではなく友人の車だったけど、イエローストーン国立公園までキャンプ旅もしたっけ。朝に明るくなってきて起きたらキャンプ場のフェンスのすぐ向こうで、巨大なバイソンが草を食べていてね、今でも目に焼き付いているよ……」

雨沢 「お前が楽しみまくったことは、よく分かった」

時雨沢「子供の頃のキャンプ体験、そしてバイク、ツーリング、好きな鉄砲、米国での異文化体験――、これらを混ぜ合わせて、就職活動失敗を付け加えて錬成すると、『キノの旅』が生まれるわけだ。今、改めて自分の反省を振り返って――、じゃなかった半生を振り返ってシミジミ思ったわ。等価交換だな」

雨沢 「そして、『キノの旅』から、『学園キノ』が生まれたわけだな」

時雨沢「それ、オレ、言いたかったこと。若い頃の経験が、作品を創る。もちろん、どんな経験だって構わない。私の場合は、今回思い起こすとこうだった、ってことで」
雨沢「ところでよ」
時雨沢「はいな」
雨沢「ちょっと真面目すぎない？　ここを読んでいる人は、もっとアホでバカな時雨沢を見たくて読んでいるって自覚と責任はあるか？」
時雨沢「ある。そして、何事にも例外はあるのです。それにな——」
雨沢「それに？」
時雨沢「普段アホでバカな人が真面目くさるのは、それもまたアホでバカな言動ではなかろうか！」
雨沢　「一周回るのヤメレ」

@まとめ
時雨沢「というわけで、この話ではみんながキャンプしてますが、キャンプシーンは、自分の経験を元に、装備などもなるべくリアルに描きました！」
雨沢　「なるほど。変身シーンもか？」

時雨沢「もちろん。言ってなかったっけ？　オレ、小学生の時から正義の味方に変身していたんだぜ？」
雨沢　「聞いてないわ」
時雨沢「それはさておき、これを読んだ皆様が、キャンプやってみたり、またはよりキャンプに行ったりしてくれると、それは嬉しいなって。安全に楽しくね」
雨沢　「安全は確かに第一だな」
時雨沢「ネットを見ていると——、火の使い方を間違えてシャレにならない大やけどを負ってしまったとか、同じキャンプ場でテント内の一酸化炭素中毒で死んだ人が出てしまったとかあるからね……。楽しいコトで怪我をしたり命を落としたりするのは、ナシでお願いします！ナシで！」
雨沢　「私からも」
時雨沢「『学園キノ』でも番外編とも言えるキャンプ編でしたが、書いていて本当に楽しかったです。次からは、ちゃんと学園に戻りますよ！　このまま別の場所に行ったりしない！　たぶん！」
雨沢　「うん、やめろ」
時雨沢「ただし次に書いているのは違う作品なので、『学園キノ』の続刊はしばしお待ちくださいませ！　絶対に八年後ではないので！」

雨沢　「綺麗に締めたな。よしすぐさま原稿を書け！　まずは仕事部屋の机に戻って、パソコンを起動して――、なっ、もういないだとっ！」

おわり

「本当のあとがきの話をしよう」
―the Preface―

長期シリーズのヒーローモノ映画最新作に出てきた初代ヒーローの
「初代見たことないケド わかる…強い…」感が
焼きマシマロにはありますよね!
黒星紅白

◉時雨沢恵一著作リスト

「キノの旅Ⅰ～XXIII　the Beautiful World」（電撃文庫）
「学園キノ①～⑦」（同）
「アリソンⅠ～Ⅲ〈上〉〈下〉」（同）
「リリアとトレイズⅠ～Ⅵ」（同）
「メグとセロンⅠ～Ⅶ」（同）
「一つの大陸の物語〈上〉〈下〉～アリソンとヴィルとリリアとトレイズとメグとセロンとその他～」（同）
「男子高校生で売れっ子ライトノベル作家をしているけれど、年下のクラスメイトで声優の女の子に首を絞められている。Ⅰ～Ⅲ」（同）
「ソードアート・オンライン　オルタナティブ　ガンゲイル・オンラインⅠ～Ⅹ」（同）
「お茶が運ばれてくるまでに　～A Book At Cafe～」（メディアワークス文庫）
「夜が運ばれてくるまでに　～A Book in A Bed～」（同）
「答えが運ばれてくるまでに　～A Book without Answers～」（同）
「キノの旅　the Beautiful World　Best Selection Ⅰ～Ⅲ」（新文芸）
「レイの世界　―Re:I―　1　Another World Tour」（同）

本書に対するご意見、ご感想をお寄せください。

ファンレターあて先
〒102-8177　東京都千代田区富士見2-13-3
電撃文庫編集部
「時雨沢恵一先生」係
「黒星紅白先生」係

初出

『学園キノ⑦』はⅡV公式サイトで2020年2月25日～2021年4月10日の期間にweb掲載された『学園キノ番外編 木乃キャン』に加筆・修正したものです。

電撃文庫

学園キノ⑦

時雨沢恵一

2021年5月10日　初版発行

◇◇◇

発行者　青柳昌行
発行　株式会社KADOKAWA
〒102-8177　東京都千代田区富士見2-13-3
0570-002-301（ナビダイヤル）
装丁者　荻窪裕司（META＋MANIERA）
印刷　株式会社暁印刷
製本　株式会社ビルディング・ブックセンター

●お問い合わせ
https://www.kadokawa.co.jp/（「お問い合わせ」へお進みください）
※内容によっては、お答えできない場合があります。
※サポートは日本国内のみとさせていただきます。
※ Japanese text only

※定価はカバーに表示してあります。

ISBN978-4-04-913789-7　C0193　Printed in Japan

電撃文庫　https://dengekibunko.jp/

電撃文庫創刊に際して

文庫は、我が国にとどまらず、世界の書籍の流れのなかで〝小さな巨人〟としての地位を築いてきた。古今東西の名著を、廉価で手に入りやすい形で提供してきたからこそ、人は文庫を自分の師として、また青春の想い出として、語りついできたのである。

その源を、文化的にはドイツのレクラム文庫に求めるにせよ、規模の上でイギリスのペンギンブックスに求めるにせよ、いま文庫は知識人の層の多様化に従って、ますますその意義を大きくしていると言ってよい。

文庫出版の意味するものは、激動の現代のみならず将来にわたって、大きくなることはあっても、小さくなることはないだろう。

「電撃文庫」は、そのように多様化した対象に応え、歴史に耐えうる作品を収録するのはもちろん、新しい世紀を迎えるにあたって、既成の枠をこえる新鮮で強烈なアイ・オープナーたりたい。

その特異さ故に、この存在は、かつて文庫がはじめて出版世界に登場したときと、同じ戸惑いを読書人に与えるかもしれない。

しかし、〈Changing Times,Changing Publishing〉時代は変わって、出版も変わる。時を重ねるなかで、精神の糧として、心の一隅を占めるものとして、次なる文化の担い手の若者たちに確かな評価を得られると信じて、ここに「電撃文庫」を出版する。

1993年6月10日
角川歴彦

電撃文庫DIGEST　5月の新刊

発売日2021年5月8日

創約　とある魔術の禁書目録(インデックス)④

【著】鎌池和馬　【イラスト】はいむらきよたか

ついにR＆Cオカルティクスに対する学園都市とイギリス清教の大反撃が始まるが、結果は謎の異常事態で……。一方、病院送りになった上条当麻のベッドはもぬけの殻。——今度はもう、『暗闇』なんかにさせない。

学園キノ⑦

【著】時雨沢恵一　【イラスト】黒星紅白

「みなさんにはこれから——キャンプをしてもらいます！」。腰にモデルガンを下げてちょっと大飯喰らいなだけの女子高生・木乃と、人語を喋るストラップのエルメスが繰り広げる物語。待望の第７巻が登場！

俺を好きなのはお前だけかよ⑯

【著】駱駝　【イラスト】ブリキ

ジョーロに訪れた史上最大の難問。それは大晦日までに姿を消したパンジーを探すこと。微かな手がかりの中、絆を断ち切った少女たちとの様々な想いがジョーロを巡り、葛藤させる。最後、物語が待ち受ける真実と想いとは——。

娘じゃなくて私(ママ)が好きなの!?⑤

【著】望 公太　【イラスト】ぎうにう

私、歌枕綾子、３ピー歳。仕事のために東京へ単身赴任することになり、住む部屋で待っていたのは、タッくんで——！えぇぇ！　今日から一緒に住むの!?

豚のレバーは加熱しろ（4回目）

【著】逆井卓馬　【イラスト】遠坂あさぎ

闇躍の術師を撃破し、ひとときの安寧が訪れていた。もはや想いを隠すこともなく相思相愛で、北へと向かう旅を楽しむジェスと豚。だがジェスには気がかりがあるようで……。謎とラブに溢れた旅情編！

楽園ノイズ2

【著】杉井 光　【イラスト】春夏冬ゆう

華園先生が居なくなった2学期。単独ライブ・そして11月の学園祭に向けて練習をするＰＮＯメンバーの4人に「ある人物」が告げた言葉が、メンバーたちの関係をぎこちなくして——高純度音楽ストーリー第2幕開演！

隣のクーデレラを甘やかしたら、ウチの合鍵を渡すことになった2

【著】雪仁　【イラスト】かがちさく

高校生の夏臣と隣室に住む美少女、ユイが共に食卓を囲む日々は続いていた。初めて二人でデートとして花火大会に行くのがきっかけとなり、お互いが今の気持ちを考え始めたことで、その関係は更に甘さを増していく——

となりの彼女と夜ふかしごはん2
～ツンドラ新入社員ちゃんは素直になりたい～

【著】猿渡かざみ　【イラスト】クロがねや

酒の席で無理難題をふっかけられてしまった後輩社員の文月さん。先輩らしく手助けしたいんだけど……「筆塚マネージャーの力は借りません！」ツンドラ具合が爆発中!?　深夜の食卓ラブコメ、おかわりどうぞ！

グリモアレファレンス2
貸出延滞はほどほどに

【著】佐伯庸介　【イラスト】花ヶ田

図書館の地下に広がる迷宮を探索する一方で、通常のレファレンスもこなす図書隊のメンバーたち。そんななか、ある大学教授が貸し出しを希望したのは地下に収められた魔導書で——!?

午後九時、ベランダ越しの女神先輩は僕だけのもの2

【著】岩田洋季　【イラスト】みわべさくら

ベランダ越しデートを重ねる先輩と僕に夏休みがやってきた。二人きりで楽しみたいイベントがたくさんあるけれど、僕たちの関係は秘密。そんな悶々とした中、僕が家族旅行に出かけることになってしまって……。

新作　**恋は双子で割り切れない**

【著】髙村資本　【イラスト】あるみっく

隣の家の双子姉妹とは幼なじみ。家族同然で育った親友だったけど、ある一言がやがて僕達を妙な三角関係へと導いていった。「付き合ってみない？　お試しみたいな感じでどう？」初恋こじらせ系双子ラブコメ開幕！

新作　**浮遊世界のエアロノーツ**
飛空船乗りと風使いの少女

【著】森 日向　【イラスト】にもし

壊れた大地のかけらが生みだした島の中で生活をしている世界。両親とはぐれた少女・アリアは、飛行船乗りの泊人を頼り、両親を捜すことに——。様々な島の住人との交流がアリアの持つ「風使い」の力を開花させ——。

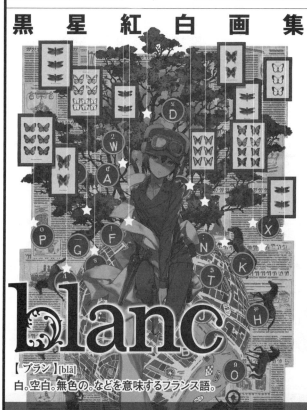

暴虐の魔王、転生した未来世界で
魔王の適性皆無と判断される!?
魔王学院の不適合者
MAOH GAKUIN NO FUTEKIGOUSHA
〜史上最強の魔王の始祖、転生して子孫たちの学校へ通う〜
著†秋
illustration†しずまよしのり

暴虐の魔王と恐れられながらも、闘争の日々に飽き転生したアノス。しかし二千年後、蘇った彼は魔王となる適性が無い"不適合者"の烙印を押されてしまう!?
「小説家になろう」にて連載開始直後から話題の作品が登場!

電撃文庫